KB057950

글쓰기로 나를 찾다

글쓰기로 나를 찾다

함께 쓰기로 인생을 바꾼 사람들

숭례문학당 엮음

북바이북

글쓰기로 나를 찾다

2017년 9월 11일 1판 1쇄 인쇄
2017년 9월 20일 1판 1쇄 발행

지은이 —— 숭례문학당 엮음
권용균, 권정희, 김선화, 김수환, 김승호, 김인경, 김한영, 김혜연, 김혜정,
류경희, 민정선, 박찬호, 손문숙, 우부경, 이승은, 이정순, 이진희, 이효임,
장영미, 정은정, 조경혜, 지영아, 홍도의, 황명구
펴낸이 —— 한기호
편 집 —— 오효영, 유태선, 김미향, 염경원
경영지원 —— 김나영
펴낸곳 —— 북바이북
출판등록 2009년 5월 12일 제313-2009-100호
121-839 서울시 마포구 동교로 12안길 14(서교동) 삼성빌딩 A동 2층
전화 02-336-5675 팩스 02-337-5347
이메일 kpm@kpm21.co.kr
홈페이지 www.kpm21.co.kr

ISBN 979-11-85400-73-0 03800

이 도서의 국립중앙도서관 출판예정도서목록(CIP)은 서지정보유통지원시스템 홈페이지(http://seoji.nl.go.kr)와 국가자료공동목록시스템(http://www.nl.go.kr/kolisnet)에서 이용하실 수 있습니다.(CIP제어번호: CIP2017022741)

북바이북은 한국출판마케팅연구소의 임프린트입니다.
책값은 뒤표지에 있습니다.

서문

글쓰기로 바뀐 삶, 24인의 인생 이야기

> 우리가 글을 쓰는 이유는, 저마다가 살아갈 세계를 만들어야 하기 때문이라고 생각해요. 저는, 저에게 부여된 기존의 만들어진 세계, 이를테면 부모님의 세계, 전쟁의 세계, 정치의 세계, 이런 곳에서는 살 수가 없습니다. 그래서 저만의 세계를 만들어야만 했죠. 제가 숨 쉬고 살아갈 수 있는 기후와 공기를 말입니다. 그것이 바로 제가 하는 모든 글쓰기 작업의 이유라고, 저는 믿고 있어요.

프랑스 출생의 미국 소설가 아나이스 닌(1903~1977)의 말이다. 우리는 글을 쓰면서 자신만의 세계를 구축하고, 더 행복하고 풍요로운 삶을 살게 된다. 앞만 보며 달려온 사람들이 글쓰기를 통해 잠깐 멈춰서 자기가 누구인지, 무엇을 원하는지, 무엇을 하고 싶은지 탐색하는 시간을 가질 수 있기 때문이다.

숭례문학당에는 글을 쓰며 행복한 삶을 살고자 하는 사람들이 모여든다. 그리고 이들 대부분은 평소 "이대로 살아도 되나? 내가 잘 살고 있는 건가?"를 고민하던 사람들이다. 결혼을 하지 않은 사람은 결혼하지 않은 이유를 찾고, 아이를 키우면서 자신을 잃어버렸다 느낀 사람은 본래의 자신으로 돌아갈 방법을 찾는다. 글쓰기 이전에는 다른 사람에게 휘둘리며 살았다면, 글쓰기 이후에는 자신만의 기준을 정해 살아간다. 이기적으로 행동하며 무책임한 삶을 산다는 것은 아니다. 자신의 재능과 취향, 소망을 다른 것들과 적절히 균형을 맞춰가는 삶이다.

'책 읽는 여자는 위험하다'고 했던가? 정체된 삶, 안주하는 삶을 원하는 배우자는 독서토론을 하고, 글을 쓰는 여자는 위험하다고 생각할 것이다. 그녀의 희생을 원한다면 더욱 그럴지도 모른다. 하지만 아내(엄마)의 삶이 행복해야 아이도, 가정도 행복해진다. 누군가를 위해 희생하는 삶은 올바르지 않다. 모두가 행복한 삶을 함께 설계해야 한다. 그러므로 온 가족이 함께 공부해야 한다.

2008년 11월, 숭례문 앞 사무실에서 책을 좋아하는 몇 사람이 모여 시작한 독서토론 모임이 '어쩌다 보니' 독서공동체라는 과분한 이름을 얻게 되었다. 모임에서 다루는 주제가 책에만 너무 매몰되지 않도록 영화, 건축, 서예, 음악, 사주명리학을 비롯해 문화 전반, 걷기와 달리기, 요가, 다이어트로까지 관심사를 넓혀갔다. 그러다 보니 지혜와 덕, 그리고 체력을 갖추고자 노력하는 사람들로 거듭났다.

숭례문학당의 글쓰기 프로그램은 필사부터 요약, 포토 에세이, 서평, 칼럼, 100일 글쓰기까지 아주 다양하며 수준별 · 단계별 · 취향별로 접근할 수 있도록 했다. 그중에서도 가장 핵심은 글쓰기 모임이다. 글쓰기는 상황을 명쾌하게 정리하기도 하지만 치유되지 않은 감정을 사르르 녹이기도 하고, 풀리지 않는 의문에 스스로 답할 수 있게 하며, 안개처럼 흐릿한 미래를 뚜렷하게 하는 효과가 있다.

특히 '100일 글쓰기'에서는 유독 큰 변화가 일어난다. 곰이 사람이 되는 기간, 100일간의 글쓰기 수련은 자신의 한계를 넘어서는 고행의 시간일 수도 있지만, 자신의 삶 전체를 복기하는 성찰의 시간이기도 하다.

이 책에는 24명의 필자들의 인생 이야기가 고스란히 담겨 있다. 그들의 글을 읽다 보면 글쓰기 하나로 삶이 얼마나 달라질 수 있는지를 알 수 있다.

1장은 '일과 삶의 균형을 잡아준 글쓰기' 편이다. 연구원으로 일하다 경력이 단절된 이진희는 혼자 독서를 하며 느낀 외로움을 글쓰기를 통해 떨쳐내고, 지금은 도서관에서 사람들과 토론하고 강의하는 인생을 살게 되었다. 대기업 팀장인 황명구는 조직에서의 책임감과 중압감을 글쓰기로 해소했고, 그것을 발판으로 팀원들과도 새로운 차원의 소통을 시작했다. 출판사 편집자 이효임은 다른 사람의 글을 다듬는 일을 하면서 생긴 열등감을 자신의 글을 쓰면서 극복했고, 토목 기사 지영아는 숫자로만 점철된 무미건조한 삶에서 문자의 세계로 편입, 새로운 세상을 발견했다.

2장은 '함께하면 더 즐거운 글쓰기'라는 주제로 묶었다. 소설가를 꿈꾸는 프로그래머 우부경은 이야기를 만들어내는 재미와 이공계의 삶을 조화롭게 이어가고 있고, 서른 살 청년 김수환은 실업의 어려움을 글쓰기로 극복해나가고 있다. 번역가, 한국어 강사로 활동하면서 정작 자신을 발견할 수 있는 글을 쓰지 못했던 이승은의 고백도 절절하다. 수영 선수 출신으로 엄격한 수련에 익숙한 권정희는 지식 쌓기에 대한 넘치는 열정을 감당하지 못해 자녀들에게까지 퍼붓다가 독서토론과 글쓰기를 만나면서 자신을 내려놓을 수 있었다.

3장은 '일상에 활기를 불어넣은 글쓰기' 편이다. 시청 공무원 홍도의는 7년 동안 전철로 출퇴근하면서 꾸준히 독서를 하다가 글쓰기로 날개를 달았다. 특히 불우한 성장 과정을 잘 이겨내고 사회복무요원으로 근무하는 한 젊은이의 인생을 글로 잘 표현해 사회행정대상을 받도록 한 일화는 감동적이다. 고등학교 국어교사 박찬호는 교환일기 쓰기를 통해 학생들, 가족들과 소통 중이다. 김한영은 군대 간 아들과 시 편지를 주고받으며 서로의 진심을 깨달았고, 이제는 더불어 사는 삶을 꿈꾸게 되었다. 류경희는 100일간의 글쓰기를 통해 그간의 보수적인 삶의 틀을 깨고, 아이에게 삶을 강요한 자신을 되돌아보게 되었다.

4장은 '나를 변화시킨 글쓰기'라는 주제로 묶었다. 대학에서 강의하고 있는 김선화는 집에서 반대한 결혼을 감행하여 부모님과 인연을 끊다시피 살다가 글쓰기를 통해 뒤늦게 화해했다. 출판사 편집자인 이정순은 자칫 일처럼 여겨질 독서토론과 서평 쓰기를 취미로 삼게 된 사연을 담담하게 들려준다. 초등학교 교사 장영미는 책을 덮으면 흔적 없이 증발하는 게 아쉬워 서평 모임에 참여했다가 각자의 언어로 구축한 삶을 살아가는 사람들을 보면서 새로운 삶을 기획하게 되었다. IT 기업의 임원과 소설가 지망생, 전혀 다른 두 가지 삶을 병행하고 있는 권용균은 여럿이 함께 쓰고 다른 사람의 의견을 듣는 글쓰기 모임에서 새로운 인생을 배웠다고 말한다.

이들의 이야기는 조금씩 다르지만, 여러모로 닮았다. 그들은 글쓰기를 통해 또 다른 자신을 발견했다고 말한다. 그리고 인생을 행복하게 하는 글쓰기를 계속 이어나가고, 주위에 전파하겠다고 다짐한다. 이들의 이야기를 듣다 보면 글쓰기에 도전하고 싶은 욕망이 뭉게뭉게 피어날 것이다.

만약 혼자 쓰는 글쓰기에 어려움을 느낀다면 함께 모이자. 오프라인 모임에 참여하기 어렵다면 온라인 모임에 참여해도 좋다. 글쓰기 모임은 우정과 환대의 공동체다. 덧붙여 치유와 격려의 충전소, 성찰과 도약의 발전소, 자유와 소통의 해방구, 영혼과 정신의 교감장, 수련과 훈련의 수행처, 함께와 연대의 운동장, 취미와 취향의 아지트, 유희와 재미의 놀이터, 지혜와 통찰의 전망대가 될 것이다.

글쓰기 모임을 시작한다면 지금까지와는 전혀 다른 인생을 살게 될 것이다. 글쓰기는 자본의 유혹에 흔들리지 않고, 세상의 그릇된 기준에 현혹되지 않으면서 오롯이 자신만의 삶을 살아갈 수 있도록 도와준다.

2017년 9월
숭례문학당에서
신기수

차례

3장 · 일상에 활기를 불어넣은 글쓰기

4장 · 나를 변화시킨 글쓰기

1장

일과 삶의 균형을 잡아준 글쓰기

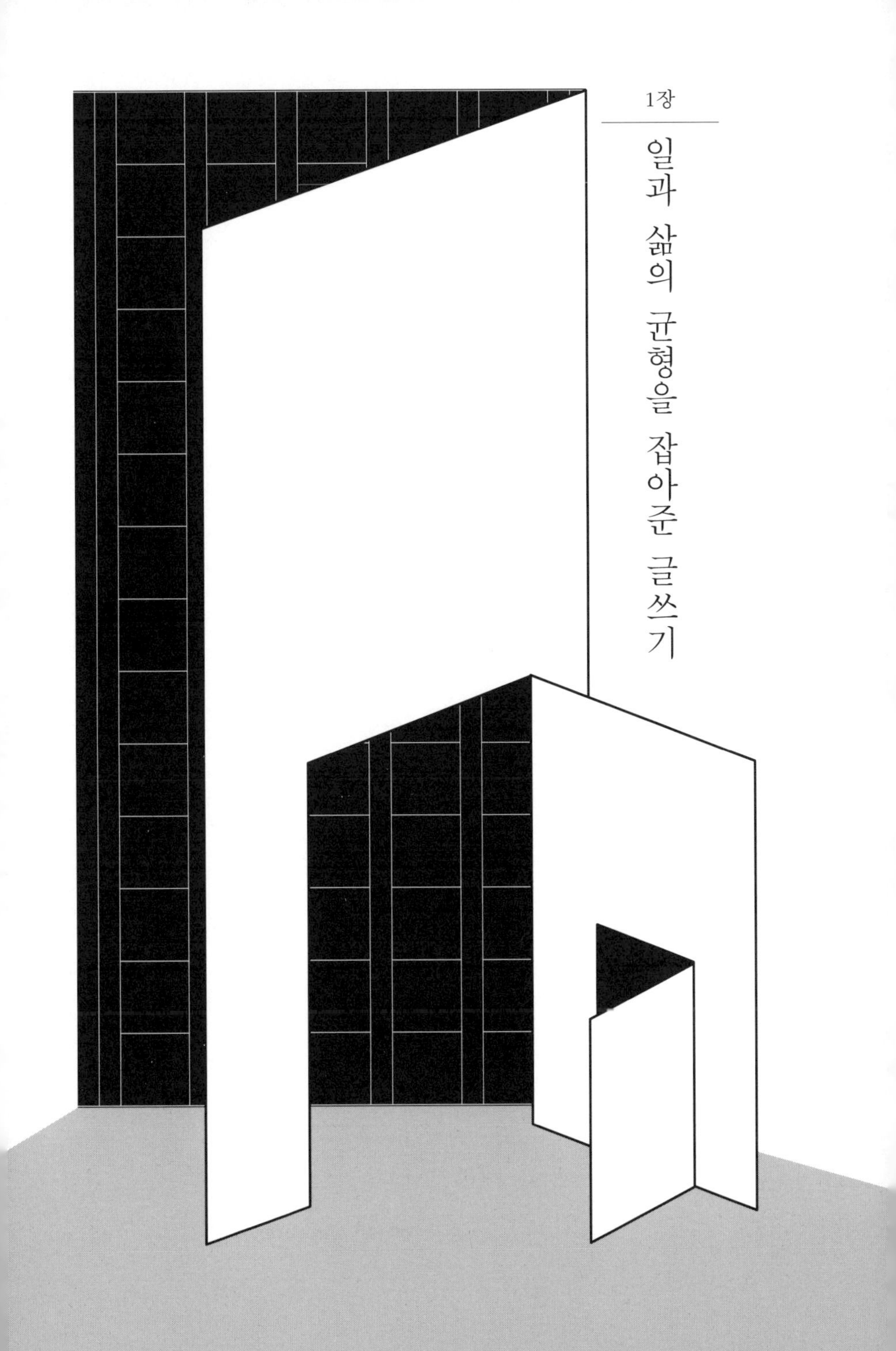

서평 쓰기는 나의 오아시스

이진희

나무 식탁을 장만했다. 작은 방에 있던 물건을 빼고 식탁을 들여놓았다. 그리고 그 위에 밥 대신 책을 펼쳤다. 나만의 방은 없어도 나만의 책상은 필요했다. 책과 나무 냄새가 잘 어울렸다. 동트기 전 어슴푸레한 새벽하늘이 고요하다. 목이 말라온다. 주방에서 연한 커피를 타서 의자에 앉는다. 전날 밤 잠들면서 표시해둔 페이지를 펼쳤다. 어느덧 창밖은 아침햇살로 빛나고 있다. 읽는 속도도 붙고 몰입도가 올라가지만 아침밥을 차려야 한다. 피할 수 없는 주부의 숙명이다.

남편과 아이들은 아침을 먹고 학교와 직장으로 뿔뿔이 흩어진다. 난 간단한 청소와 세탁, 집안을 정리하고 다시 페이지를 넘긴다. 한참을 읽다 보면 벌써 오후 두세 시다. 눈도 피로하고 머리도 지끈거려 동네를 한 바퀴 돌다 보면 이런저런 상념에 빠진다. '언제까지 읽기만 할래?'

30대는 복지재단의 위촉연구원으로 근무하며 치열하게 보냈다. 그러던 어느 날 출근하려고 침대에서 내려오다가 그만 넘어지고 말았다. '뚜두둑' 하는 소리와 함께 오른쪽 발가락 세 개가 부러졌고, 이후 나는 경력단절 여성이 되었다. 실이 뚝 끊어진 것처럼 절망적이었다. 회사는 비정규직인 나를 기다려주지 않았다. 살림하며 아이들을 키우고 늦은 밤까지 대학원에 다니며 기를 쓰고 연구원 자리를 얻었는데 갑자기 멈춰야 한다는 사실이 억울하고 답답했다.

회사를 그만둔 이후, 차츰 발가락 상태는 좋아졌지만 갑자기 주어진 스물네 시간이 당황스러웠다. 이때부터 도서관에 가서 좋아하는 책을 읽기 시작했다. 책은 유일하게 나를 위로하는 존재였고, 도서관은 화장을 하거나 옷을 차려입을 필요가 없는 편안한 공간이었다. 일 대신 책을 가지고 놀았다. 또 '나중에 써먹을 일이 있겠지' 하며 백화점 쇼핑하듯 이것저것 강좌를 들으러 다녔고, 자격증과 수료증이 하나둘 쌓여갔다.

그러나 강좌를 듣고 돌아가는 길엔 뿌듯함보다 한 조각의 공허함이 온몸을 헤집고 다녔다. 배워도 목표가 없으니 재미도 없고 동기부여도 되지 않았다. 밤하늘에 떠 있는 별들을 보며 이대로 괜찮냐고, 세상은 빠르게 돌아가고 사람들은 저마다 길을 찾고 있는데 너는 도서관에서 뭐하는 거냐고 물었다. 점점 우울의 늪에 빠졌고 사는 게 시시했다. 다시 일을 하고 싶어 여기저기 이력서를 넣었지만 번번이 떨어졌다.

읽기에서 쓰기로 넘어가는 그 순간

닥치는 대로 문학작품을 읽어나갔다. 거의 하루에 한 권씩 책을 읽었다. 책이 떨어지면 장을 보듯 도서관에 갔다. 도서관은 긴 하루를 보내기에 적당한 놀이터였다. 나는 그곳에서 대출과 반납을 되풀이하면서 시간을 때웠다. 이렇게 보낸 세월이 4년이다. 남들이 들으면 더없이 행복한 때가 아니냐고 하겠지만 내겐 '암흑 같은 시절'이었다. 앞이 보이지 않는 책 읽기는 답답했다. 여러 작가를 알게 되고 문학을 읽는 재미는 좋았지만, 눈만 뜨면 책벌레처럼 읽는 모습이 싫었다.

어느 순간부터는 읽기만 하는 게 지겨워졌다. 나는 읽는 인간인가. 남들이 써 놓은 글만 읽는 게 삶의 전부인가. 읽기만 하는 생활은 끔찍했다. 아무것도 나오지 않을 것 같은 소모적인 책 읽기에 만족하지 못하는, 나는 그런 인간이었다. 이런 내게 읽기에서 쓰기로 넘어가는 순간이 왔다. 그것은 정말 강렬한 기억이었다. 태양이 뜨고 세상이 환해지는 순간처럼, 대

낮에 굵은 소나기가 쏟아지는 찰나처럼. 주야장천 읽기만 하다 글쓰기를 만났던 그날의 수업이 생생하다.

독서만으로는 갈증이 해소되지 않던 내게 물을 콸콸 쏟아부었던 수업은 도서관에서 진행한 '서평 쓰기' 강좌였다. 수업 첫날, 서평 수업을 맡은 강사는 그동안 함께 읽기를 실천하며 서평 쓰기를 어떻게 시작했는지 들려줬다. 나는 강의가 시작한 지 채 10분도 지나지 않아 '나도 강단에 서고 싶다'며 친구에게 메시지를 보냈다.

수업은 나를 들뜨게 했고 그동안 느끼지 못했던 감정들이 올라와 마음이 복잡했다. 글을 쓰고 싶은 건지 강사가 되고 싶은 건지 명확하진 않았지만 책으로 뭔가를 하고 싶다는 건 분명했다. 수업을 듣는 내내 그동안 느꼈던 불안의 근본적인 원인을 알게 됐고, 책을 읽고 말이나 글로 쏟아내고 싶은 내 안의 욕구가 확인된 날이었다. 먹으면 배설을 해야 한다. 왜 읽기만 해서는 해소가 안 되는지 그제야 이해가 갔다. 자신의 생각을 한 줄도 표현하지 못해 답답했던 것이다.

서평 수업을 계기로 '포토 일기'라는 제목을 붙여 본격적인 글쓰기에 돌입했다. 매일 사진 한 장을 찍고 단상을 적었다. 분량은 A4 한 장 정도였고, 목표는 100일로 잡았다. 찰칵! 끌리는 사물이나 장면을 찍고 글과 연결시켰다. 해바라기를 찍고 고흐에 관한 글을 쓰고, 칼국수를 시켜 먹고 김애란의 「칼자국」에 대한 독후감을 썼다. 영화 리뷰, 서평, 칼럼, 음식 단상, 여행기 등 형식 없이 자유롭게 썼다. 매일 글감을 정하고 사진을 찍고 짧게라도 글을 써 카페에 올렸다.

포토 일기는 상상했던 것보다 재미있었다. 글을 쓰면서 일상이 하나씩 정리되는 느낌이 들었다. 재능이 있어야 글을 쓰는 줄 알았는데 나도 쓸 수 있다는 게 신기했다. 다른 사람의 글만 읽다가 온라인 카페에 올린 내 글을 보니 뿌듯했다. 부끄럽지만 하나의 작품 같았다. 자신이 쓴 글을 읽는다는 것은 다른 차원의 즐거움이었다.

서평 100편 쓰기에 도전하기

'포토 일기'를 100일 동안 썼더니 글에 대한 두려움도 조금씩 사라졌다. 최고의 소득은 글을 쓰고 싶은 욕구가 지속된다는 점이다. 수업에서 배운 내용을 토대로 2015년엔 50권의 책을 읽고 서평을 쓰겠다는 계획을 세웠다. 책은 감동을 주거나 별점이 높은 것 위주로 선정했다. 밑줄 친 문장을 인용하고, 그 이유와 단상을 적었다. 작가 소개와 내용 요약을 첨부하니 어느 정도 초벌 서평이 완성되었다.

본격적으로 서평 쓰기를 배우고 싶다는 욕심이 생긴 나는 서평 집중과정을 수강해 쓰는 방법을 익혔다. 제대로 된 서평을 쓰고 싶은 마음에 이전보다 책을 더 꼼꼼하게 반복해서 읽었다. 그리고 책을 읽는 도중에 생각들이 희미하게 스칠 때면 책 여백에 메모한 뒤 서평 쓸 때 활용했다. 머릿속에 떠다니는 막연한 느낌을 처음부터 완벽한 문장으로 쓰려 하지 않고, 나만의 언어를 사용했다. 이후 퇴고를 반복하면서 점점 서평 형식에 맞게 고쳐나갔다. 『혼자 책 읽는 시간』(김병화 옮김, 웅진지식하우스, 2012)의 저자 니나 상코비치는 아이 다섯을 키우며, 1년 동안 365권의 서평을 썼다고 한다.

> 독서는 언제나 내가 제일 좋아하는 일이었지만, 이제는 가치 있는 노력으로 변할 것이다. 나는 커피 타임과 학부모회 모임과 체력 단련 시간에도 빠질 수 있다. 할 일이 있으니까.
>
> – 『혼자 책 읽는 시간』

그녀의 책을 읽고 100권의 책에 대한 서평을 쓰기로 마음을 먹었다. 365권은 못 쓰더라도 100권은 쓸 수 있지 않을까, 과연 내가 할 수 있을까 걱정했지만 니나 상코비치가 용기를 주었다. 그리고 1년 동안 총 100편의 서평을 쓰는 데 성공했다. 완성도 높은 서평은 아니지만 무조건 써야 한다는 소설가 김연수의 말을 충실히 따랐다. 모든 것은 하루아침에 이루어지지 않는다. 특히 글쓰기는 더욱 그렇다. 한 발 한 발 내디뎌야

천 리 길을 가는 것처럼 언제나 시작이 반이라고 생각한다. 진리를 무시한 채 작가가 되고 싶다는 욕망은 쓰레기통에 버려야 한다. 현재 나는 지인들과 '3일 1서평'을 쓰고 있다. 말 그대로 3일마다 한 편씩 서평을 써서 카톡으로 공유한다.

종이 위에서 나는 춤을 춘다

10년 전 노인복지를 전공할 때 노년교육에 관한 논문을 쓴 적이 있는데 책을 만나면서 노년세대에 대한 애정이 더욱 커졌다. 독서토론의 즐거움을 함께 나누고 싶어 제안서를 들고 노인복지관을 찾아다녔지만 대부분 회의적인 반응이었다. 당시 유일하게 노년 독서토론에 적극적인 관심을 보인 곳이 숭례문학당이었다. 지금은 도서관이나 학교에서 노년층을 비롯해 다양한 계층과 독서토론, 서평 쓰기 수업을 진행한다. '한번 해볼까' 했던 일이 현실이 된 것은 글쓰기 덕분이다.

2016년부터는 '고전문학 북클럽'을 진행해오고 있다. 고전은 꼭 읽어야 할 책이지만 혼자 읽기는 쉽지 않다. 모두에게 고전은 넘어야 할 산이다. 온라인 토론으로 진행하는 '작가란 무엇인가'도 맡고 있다. 프란츠 카프카, 박완서, 조지 오웰, 김애란, 알베르 카뮈, 김연수 작가의 작품으로 진행한다. 각각의 책에 대한 별점과 소감, 발췌 내용과 이유를 올리면 된다. 서로 올린 카톡 내용을 보면서, 댓글로 토론을 하다 보면 작가의 매력에 푹 빠지게 된다.

독서하고 나서 공허한 느낌이 든다면 글쓰기로 채워야 한다. 말과 생각은 휘발되기 때문에 다시 기억해내기가 쉽지 않다. 이럴 때 자신의 생각과 관점을 글로 남겨 놓으면 언제든 사진처럼 꺼내볼 수 있다. 글쓰기는 머릿속에 둥둥 떠다니는 생각을 차곡차곡 정리해준다. 글쓰기를 하고 나면 마치 대청소를 한 뒤 깔끔하게 정리된 거실을 보는 것 같다.

누군가 나에게 글을 왜 쓰냐고 묻는다면 이렇게 대답하고 싶다. "글을 쓰면 외롭지 않아." 글은 모든 사물과 행위에 말을 건다. 그들은 자신들의 언어로 응답해주며 종이 위에서 나를 춤추게 한다. 글은 용서도 가능하고 미움도 허용된다. 사랑도 우정도 함께 나눈다. 꼭꼭 숨어 있던 사유들이 밖으로 나와 춤을 춘다. 이 모든 것이 나의 언어로 재탄생하는 순간 나는 자유롭고 홀가분하다. 토해낼 수 있는 나의 언어를 되찾기까지 고독한 글쓰기는 또 하나의 몸짓이다.

이진희 숭례문학당을 만나 서평 강사가 됐다. 현재 숭례문학당에서 '고전문학북클럽', '카뮈처럼 쓰기', '30일 포토에세이', '작가란 무엇인가' 등의 프로그램과 학교와 도서관에서 독서토론과 함께 글쓰기 입문, 서평 쓰기 과정을 진행하고 있다. 『당신은 가고 나는 여기』에 공저자로 참여했으며, 서평 쓰기 고급반 수업을 들으며 3일 1서평을 꾸준히 쓰고 있다.

중년의 회사원, 글쓰기로 용기를 얻다

황명구

소설가 김훈은 『내가 읽은 책과 세상』(푸른숲, 1996)에서 "내일이 새로울 수 없으리라는 확실한 예감에 사로잡히는 중년의 가을은 난감하다"고 말했다. 사십 대 나의 모습이 바로 그런 난감한 처지의 중년이었다. 어떻게 해서라도 돌파구를 찾으려 노력했지만 쉽지 않았다. 살아가는 모든 것이 막막했다. 한 치 앞도 알 수 없는 힘든 현실에 나는 늘 어두운 표정으로 회사를 다녔다.

당시 내가 가진 유일한 행복은 주말에 아내가 집 안을 청소하는 동안 아들과 딸을 데리고 동네 도서관에 가는 것이었다. 그날도 도서관 서가에서 책들을 살피고 있던 중 눈높이에 위치한 이순신 장군의 『난중일기』(송찬섭 엮음·옮김, 서해문집, 2004)를 우연히 발견했다.

> 1594년 3월 초7일 맑다. 몸이 매우 괴로워 뒤척이는 것조차 어려웠다. 공문을 아래 사람을 시켜 만들도록 하였더니 글 꼴이 말이 아니었다. 원 수사에게 손의갑을 시켜 지어 보내도록 하였으나 역시 매우 마음에 들지 않았다. 할 수 없이 병을 무릅쓰고 일어나 내가 글을 짓고 정사립에게 쓰게 하여 보냈다. 오후 2시쯤 출발하여 밤 10시쯤 한산도 진중에 이르렀다.
>
> – 『난중일기』

이상했다. 세계 해전 역사상 어떤 지휘관도 이루어내지 못한 연전연승의 위업을 달성한 장군께서 왜 이렇게 사적인 감정을 기록하였을까? 이어지는 며칠 동안의 일기에서도 장군은 아픈 몸과 부하들의 업무 처리에 대한 분노를 숨기지 않았다. 일기에는 전쟁의 승리를 위해 전략을 짜고 부하들의 사기를 북돋는 강하고 냉철한 지휘관의 모습만 있는 것이 아니었다.

왜란 당시의 모습을 상상해보았다. 무능한 임금은 왜군이 침략한 지 한 달 만에 한양을 버리고 압록강 건너 명나라로 피신해야 하는 다급한 상황이었다. 임금은 자신의 안위도 건사하지 못하는 가련한 신세가 되었고, 수군 전력의 반을 담당했던 경상수군이 초토화된 상황에서 장군 홀로 기세등등한 왜군을 감당해내야 했다. 어쩌면 장군은 그 상황을 두려워했을지도 모른다. 누구에게도 드러낼 수 없는 무서움과 막막함을 이겨낼 수 있는 용기와 위로가 간절했을지도 모른다. 매일 맞닥뜨려야 하는 두려움을 글로라도 떨쳐내지 않았다면, 그 힘든 시간을 견뎌내지 못했을 거라는 생각마저 들었다.

그날 밤 잠자리에 누워 생각했다. 나는 지금 무엇을 두려워하고 있는가? 밤늦도록 잠을 이루지 못한 나는 아내가 깨지 않도록 조심스럽게 자리에서 일어나 거실로 나왔다. 의자에 앉아 식탁 위에 놓여 있던 딸아이의 공책을 무심히 넘겨보았다. 아무렇게나 놓아둔 노트 뒷부분은 백지 상태로 남아 있었다. 그것을 보니 갑자기 무언가 쓰고 싶다는 충동에 이끌려 글을 마구 써내려가기 시작했다. 지금 내가 겪고 있는 고통이 어디서 시작되었는지, 무엇을 두려워하고 있는지, 왜 업무평가에 집착하고 있는지, 정신없이 쓰고 보니 이미 자정이 넘은 시간이었다. 어수선한 마음이 다소 진정되는 듯했다. 그날은 오랜만에 꿈도 꾸지 않고 깊은 잠을 잘 수 있었다.

지난한 세월을 이겨내다

개발부서 부서장으로 근무하고 있을 때였다. 전년도 사업부

경영성과 지표가 곤두박질치면서 모든 간부들이 주말에도 비상근무를 해야 했다. 실적 개선에 필요한 대책을 준비하느라 매일 긴장된 상태로 시간을 보내고 있던 터였다. 새해 업무가 시작되고 몇 달이 지났지만 사업부의 상황은 좀처럼 개선될 기미가 보이지 않았다. '도대체 이 지난한 시간이 끝나기는 하는 걸까?' 어쩌면 이 터널에서 오랫동안 벗어나지 못할 것 같은 불안이 마음 깊숙한 곳에 자리 잡고 있었다.

회사를 그만두지 않는 이상 반복되는 고통의 늪에서 영원히 헤어나지 못할 것 같았다. 그러나 초등학교와 중학교에 다니는 아이들을 생각하면 쉽게 회사를 그만둘 형편도 되지 못하였다. 하루에도 수십 번 사라졌다 나타나기를 반복하는 업무에 대한 압박은 마치 유령처럼 항상 내 주위를 배회했고, 언제 어느 곳에 있더라도 갑작스레 나를 덮칠 것만 같았다.

월요일 아침 8시, 불안한 주말을 보내고 출근하자마자 시작된 업무회의는 오전 11시가 넘어서야 끝이 났다. 팽팽하게 긴장된 분위기에서 진행된 대책회의를 끝내고 회의실을 나서자 온몸의 기운이 빠져나간 듯 어슷거리는 걸음으로 자리에 앉았다. 부서원들을 불러 회의 중 언급되었던 업무를 지시하려고 했지만 그만두었다. 점심시간 전까지는 도무지 일이 손에 잡힐 것 같지 않아서였다.

대신 자리에 앉아 모니터 위를 미끄러지듯 굴러다니는 동그

라미가 가득한 화면을 물끄러미 바라보았다. 잠금 화면을 풀자 시원한 초원을 배경으로 한 사진 화면이 나타났다. 초원 위에 메모장을 하나 띄워 마음속에 흐르는 생각들을 입력하기 시작했다. 임원에게 감히 대들기도 하고, 지시의 부당성을 조목조목 비판했다. 글을 쓰다 보니 어느 순간 마치 평화롭게 흐르는 강 위를 조용히 떠다니는 듯한 느낌이었다. 세상일을 까마득히 잊어버리고 오직 글쓰기에만 몰입했다. 순식간에 한 시간이 흐르고 메모장은 격한 감정들을 쏟아낸 글로 가득 채워졌다. 발갛게 상기되고 굳었던 얼굴도 어느새 부드러워지고, 회의실을 나올 때 스트레스로 주름졌던 마음의 구김살도 펴져 편안해졌다. 새로운 에너지가 시나브로 생겨났다.

글로 소통하고, 공감대를 형성하다

50명이 넘는 부서의 장이 되고 나서는 부서 간의 소통을 위하여 많은 고민을 하게 되었다. 모든 부서원들과 일대일로 만나 대화하는 것이 가장 효과적이지만, 급박한 업무를 수행하면서 부서원과 일일이 소통하기란 현실적으로 쉽지 않았다. 그러던 어느 날 부서 회식에서 평소 조용하던 부서원이 술 힘을 빌린 듯 내 옆자리에 앉아 자신의 억울함을 호소했다. "부장님, 저는 평소에 일을 정말 열심히 하는데 왜 평가가 항상 중간밖에

안 되나요? 어떻게 해야 좋은 평가를 받을 수 있나요?”

직장인들의 최고 관심사는 연봉, 승진과 직결되는 고과이고, 평가에 아주 민감할 수밖에 없다. 그래서 최대한 공정하게 평가하기 위해서 개인의 다양한 면을 관찰한다. 하지만 경험이 적은 엔지니어들은 무조건 열심히 하면 좋은 평가를 받을 수 있을 거라고 기대하는 경향이 있다. 평가자 입장에서는 단순히 열심히 일했다는 것만으로 우수하다고 평가할 수는 없다. 어떤 업무 실적들이 반영되고 어떤 과정을 거쳐 개인의 평가가 이루어지는지 알지 못하면, 부서장의 평가가 불공정하다고 오해하기 마련이다.

나는 이것을 계기로 부서원들에게 평가 과정을 정확히 알려야겠다고 생각했다. 모두에게 민감한 내용이라 조심스럽긴 했지만, 내용을 신중하게 정리해서 이메일로 부서원들에게 발송했다. 팀에서 업무평가 참여자가 누구이고, 어떤 과정을 거쳐 최종적으로 평가가 확정되는지 알려주었다. 그러자 동료의 업무를 지원한 부분까지 개인평가에 영향을 미치는지 미처 몰랐다며, 앞으로 자신의 업무 외에 팀이나 동료에 대한 지원도 소홀히 하지 않겠다는 피드백이 왔다. 예민한 내용을 글로 정리하여 공지하기가 쉽지는 않았지만, 결과적으로 다수를 대상으로 투명하게 소통할 수 있었다.

이후부터는 틈틈이 부서원에게 좋은 책을 소개하기도 하고,

살아가면서 겪는 어려움을 받아들이는 법, 가족에 대한 배려 등에 대해서 주기적으로 메일로 공유했다. 처음 얼마 동안은 아무런 반응이 없었지만, 메일 발송이 반복되자 한두 명씩 반응을 보이기 시작했다. 좋은 글 보내줘서 고맙다는 사람도 있었고, 소개한 책을 꼭 읽어 보겠다는 직원도 있었다. 부서원들과 서로 얼굴을 맞대고 이야기하는 것이 가장 좋은 소통법이지만, 시공간의 제약으로 쉽지 않다. 하지만 글은 그런 소통의 어려움을 보완하고 다수와 공감대를 형성하게 하는 훌륭한 도구가 되었다.

살아가는 맛을 알다

글을 쓴다는 것은 근력운동과 비슷하다. 혼자서 바벨을 들어 올리고 내리는 밋밋한 운동을 처음부터 좋아하는 사람은 없다. 그러나 근력이 붙고 몸이 근사한 체형으로 바뀌면, 단순한 동작에서도 재미를 느끼게 된다. 글쓰기도 마찬가지다. 처음에는 어떻게 써야 할지 막막하고, 앞뒤가 안 맞는 글을 써내려가지만, 상황을 매끄럽게 묘사하고, 적절한 비유를 섞어 감정을 잘 드러낼 수 있으며, 풍부한 어휘를 구사할 수 있는 근력이 생기면 글쓰기가 재미있어진다.

근력운동과 같이 글쓰기 또한 혼자서도 즐길 수 있는 놀이다. 헬스를 배우고 운동에 재미를 느끼기 시작하면 프로선수의 몸 근육을 관찰하고 따라 하듯 글쓰기도 어느 정도 재미를 느끼면 훌륭한 작가의 작품을 관찰하게 된다. 좋은 표현을 모방하기도 하고 가슴 설레게 하는 멋진 문장을 찾으면 메모해 두기도 한다.

우연히 인터넷 카페에서 '신영길'이라는 작가의 글을 읽게 되었다. 평범한 중년 직장인 남자라는 그의 글을 읽으며 가슴이 뭉클했고, 격한 울림도 있었다. '아! 이 사람도 숨죽여 울 수밖에 없는, 중년의 아픔을 안고 살아가는구나' 하고 공감했다.

> 마음이 닫혀 있을 때는 잘못된 일의 탓을 남에게 돌린다. 환경을 탓하기도 한다. 내가 다른 이들을 이해하지 못하듯 다른 사람들도 내 말을 이해하지 못한다. 서로 부딪친다. 왜 내 말을 귀 기울이지 않는지, 다른 사람들이 원망스럽다. 마음을 닫는 이유는 두려움 때문이다. 내 무지함이 탄로 날까 봐, 내 안의 황폐함이 드러날까 봐 두렵다. 우리는 자신도 모르게 마음을 닫고 사는 때가 있다. 어느 때, 무슨 연유로 자물쇠를 걸게 되었는지조차 기억에 없다. 마음을 열려고 해도 이제는 열쇠를 찾지 못해 열지 못한다.
>
> -『나는 연 날리는 소년이었다』, 신영길 지음, 나무생각, 2007

김훈 작가의 절제된 감정을 표현하는 단문으로 구성된 문장도 읽을수록 매력이 있다. 한 줄의 시를 쓰듯 짧고 함축된 표현은 독자에게 강한 여운을 주고 독자를 소설 속으로 빠져들게 하는 묘한 힘이 있다. 그 매력 때문에 김훈 작가의 책을 즐겨 읽었다.

> 임금은 나를 죽여서 사직을 보존하고 싶었을 것이고 나를 살려서 사직을 보존하고 싶었을 것이었다. 히데요시가 전 일본의 군사력을 휘몰아 직접 군을 지휘하며 바다를 건너올 것이라는 풍문 앞에 조정은 무겁게 침묵하고 있었다. 나를 죽이면 나를 살릴 수 없기 때문에 임금은 나를 풀어준 것 같았다. 그러므로 나를 살려준 것은 결국은 적이었다. 살아서, 나는 다시 나를 살려준 적 앞으로 나아갔다.
>
> – 『칼의 노래』, 김훈 지음, 문학동네, 2012

글쓰기를 시작한 후, 책을 읽거나 영화나 TV를 보면서 좋은 문장을 만나면 바로 메모하는 습관이 생겼다. 그리고 글을 쓸 때 메모해두었던 문장을 활용하여 나만의 문장을 만들어본다. 글을 만드는 일은 참 재미있는 놀이다. 글쓰기가 조금씩 성장하고 있음을 확인할 때 행복해진다.

과거를 돌아보고 미래를 꿈꾸다

누군가 농담처럼 한 이야기가 귓가에 맴돈다. 적자생존, '적는 자만이 살아남는다.' 중국뿐만 아니라 한때 세계를 지배했던 몽골 후세의 현재 모습은 초라하다. 그들이 엄청난 대업을 이루고도 후예들이 그 역사를 계승하지 못한 데는 많은 이유가 있겠지만, 가장 큰 이유 중 하나는 기록을 하지 않았기 때문이라 생각한다.

우리 일생도 훅 지나가버리고 바람처럼 흩어지게 된다면 허무하지 않을까? 한평생을 살고도 아무런 자취도 흔적도 없이 사라진다면 너무 슬플 것 같다. 내가 낡은 닥종이 책에 쓰인 할아버지의 글을 읽고 할아버지의 삶을 떠올렸듯이, 내 손자도 할아버지의 글을 읽고 나를 생각했으면 좋겠다. 그래서 나는 기록하려 한다.

삶은 자신이 가고 싶은 곳으로 가도록 놓아두지 않는 것 같다. 더러 인생은 혹독하고 잔인하다. 왜소해진 자신을 추스르지 못해 회사로 향하던 전철에서 무작정 내려 관악산을 올라 밑없이 눈물을 삼켰던 시절도 있었다. 휴가 결재를 거부하는 부서장의 의견을 무시하고 무턱대고 떠났던 유럽 배낭여행도 생각난다. 처음 입사할 당시만 해도 생소한 프로그래머로 멋모르게 사회생활을 시작했던 인생이 어느덧 협력사를 지도하는 컨설턴트가 되었다.

내 나이 쉰셋, 인생 전반기의 비탈길에 서 있다. 머지않은 장래에 새로운 인생 후반기의 도전과 마주할 것이다. 어떤 길을 걸어갈지 아직 잘 모르지만, 글쓰기는 후반부 인생을 풍부하게 해줄 훌륭한 자산이 될 것이다. 이제 타인으로부터의 배움을 줄이고 내 생각을 이야기할 때가 된 것 같다. 글쓰기는 이런 목적에 가장 적합한 도구이다. 그러므로 나의 미래를 풍요롭게 만들어줄 글쓰기를 멈출 수 없다.

황명구 낙천적이고 노는 것을 좋아했던 아버지와 성실한 어머니 성격을 함께 물려받았다. 90년대 후반 IMF가 터지면서 한 치 앞도 내다볼 수 없는 불안한 시기에 세상 사는 지혜를 얻고자 책을 읽기 시작했다. 독서와 글쓰기를 하면서 정신적으로 단단해졌고, 그 인연으로 '서평 독서토론', '『토지』 읽기' 등의 모임에도 참여했다. 지금은 대기업에서 협력사 컨설팅 업무를 맡고 있으며, 책 읽기와 글쓰기를 여전히 즐긴다.

내 삶의 작가가 되다

정은정

과거를 회상해보면 내가 무엇을 하고 싶어 했는지 혹은 나로 인해 어떤 일이 일어났는지는 기억에 없다. 내가 무엇을 좋아하는지 몰랐기 때문이다. 나의 '취향'은 중요하지 않았으며 궁금하지도 않았다. 나 자신을 버리고 모든 것을 타인에게 맞추고는 이를 '배려'라는 이름으로 포장했다. 내 삶의 중심에 내가 없었다. 그 누구도 강요하지 않았지만 타고난 천성처럼 나는 그렇게 살아왔다.

내 인생의 중심엔 내가 없었다

임신 초기에도 임신 때문에 주변을 불편하게 하고 싶지 않아 밤 12시까지 야근을 하기 일쑤였다. 그 때문인지 집에 돌아와서 하혈을 했고, 아이를 잃었다. 수술 후 회복실에서 나왔을 때 내 머릿속에는 거센 폭풍우가 휘몰아치고 있었다. 소중한 생명을 잃어도 될 만큼 지금 하고 있는 일을 좋아하는가? 무엇을 위해 사는가? 그러나 이런 충격도 나를 인생의 중심으로 옮겨놓기에는 역부족이었다. 소중한 생명은 다시 찾아와주었고, 타인을 중심으로 사는 습성도 함께 돌아왔다. 나를 챙기지 않고 또 열심히 주위에 맞추며 살았다.

출산을 하고 다시 돌아간 회사는 내가 알던 그곳이 아니었다. 몇 개월 자리를 비운 탓에 주위를 맴돌기만 했던 것 같다. 이제는 한 회사의 차장이 아니라 아이가 있는 여직원일 뿐이었다. 출산 후에는 회사가 가장 중요한 직장인의 삶에서 엄마, 아내, 딸, 며느리의 역할이 더해졌다. 그러나 내 방식대로 주위에 맞추며 살다 보니 내가 맡은 모든 역할에서 문제가 생기기 시작했다. 결국 내 삶의 주인공으로 대우받던 사람들이 등을 돌리기 시작했고, 주인공 자리는 비어갔다.

당황스러웠다. 무난하게 살던 예전으로 되돌려야 한다는 본능이 작용했다. 내 삶의 주인공이라고 생각한 그 모든 것의 비위를 맞출 방법만 생각했다. 타인으로 주인공 자리가 채워지지 않으니, 자신을 원망하고 그들을 원망하고 세상을 원망하기도 했다. 나는 점점 에너지를 잃었고 어두워져갔다. 문제의 핵심을 모르고 잘못된 풀이만을 했으니 원망과 한탄을 넘어서 극심한 스트레스와 자괴감이 몰려왔다. 이는 가족과의 관계에도 나쁜 영향을 미쳤고, 극도로 낮은 자존감은 사회생활을 힘들게 만들었다. 삶의 주인공이 잘못 설정되었기에 인생이 힘들다고는 생각하지 못하고 계속 허우적대기만 했다.

어긋난 노력은 멈추지 않았다. 회사가 원하는 사람, 남들 눈에 좋은 엄마가 되려고 했다. 만족스러운 아내도 되고 싶었다. 그럴수록 더 많은 자기계발서를 읽고, 업무 능력 향상을 위해서 열심히 공부했다. 또한 육아를 배우기 위해 육아서를 찾아 읽고 또 읽었다. 지금 돌이켜 보면 이 과정이 나에게 독이 되었던 것 같기도 하고, 한편으로는 책과 만나게 됐으니 득이 된 것 같기도 하다.

나를 마주하게 한 글쓰기

회사의 업무 향상을 위해 블로그 운영을 시작했는데, 방문자가 점차 늘어나기 시작했다. 그러다 보니 협찬 제의가 들어왔고, 홍보글을 쓰기 시작했다. 영혼 없이 상업적인 글만 쓰던 어느 날, 문득 나에 대한 글을 블로그에 올려보고 싶다는 생각이 들었다. 이유도 계기도 없었다. 남편과 아이의 사진과 함께 내 기분을 써보기도 하고, 점심시간에 동료들이 가지 않는 한적한 카페에 가서 멍하니 앉아 있는 내 모습을 묘사해보기도 했다. 왜 그런 글이 쓰고 싶었는지는 생각조차 하지 않았다.

회사 맞춤형 인간이 되기 위해 열심히 노력했지만 내가 가야 할 길은 아직도 멀게만 느껴졌다. 블로그에 올린 글과 보고서들, 업무 관련 이메일 등을 보며 글쓰기 실력을 향상시켜야겠다고 결심했다. 이후 글쓰기에 도움이 될 만한 학습모임이나 강좌를 찾아보았다. 글을 잘 쓰려면 책을 많이 읽어야 한다고 어딘가에서 본 기억이 났다. 그러니 독서 모임도 하나쯤은 참여하겠다고 마음먹었다. 그렇게 시작하게 된 모임은 두 개였다. 하나는 자유롭게 글을 써서 이야기를 나누는 모임이었고, 또 하나는 한 달에 한 권 책을 읽고 서평을 써서 독서토론까지 하는 모임이었다.

자유롭게 글을 써오라는 모임에서 나는 글을 쓰기도 전에 난관에 부딪쳤다. 내가 쓰고 싶은 글은 업무용 보고서와 이메일이었다. 혹은 블로그에 올릴 홍보용 글 정도였다. 그렇다고 그런 글을 가져갈 용기도 없었다. 고심 끝에 첫 만남이니 자기소개를 글감으로 정했다. 내가 쓰고 싶은 글도 아니었고, 잘 쓸 수 있는 글인지도 알 수 없었다. 일기도 제대로 써보지 않은 나에게 결코 쉽지 않은 일이었다. 자기소개서와는 분명히 달랐다.

이름을 소개하고 나니 무엇을 써야 할지 고민이었다. 회사에서는 이름, 나이, 결혼 여부, 사는 곳, 소속부서의 순서로 소개를 해왔는데 글 쓰는 모임에서는 적당치 않아 보였다. 이것저것 제외하고 나니 딱히 떠오르는 것이 없어서 자연스럽게 나를 살펴보게 되었다. 고개를 숙이고 내 몸을 훑어봤다. 그 짧은 순간에 주변만 살피던 내 시선의 방향이 달라졌고, 한 번의 고개 숙임이 내 삶을 바꿨다.

언제나 고개를 좌우로 돌리며 나 이외의 것들만 살폈었는데, 글을 쓰기 위해 처음으로 나를 쳐다보게 된 것이다. 이렇게 쓴 자기소개는 학창 시절에 써본 일기나 글짓기 숙제 이후 처음 써본 볼품없고 부족한 글이지만 평생 간직해야 할 것처럼 소중하게 느껴졌다. 급기야 나는 의식의 흐름을 제어하지 못하고 글을 이렇게 마무리했다.

> 나는 '나'를 잘 모르겠습니다. 그래서 생각했습니다. '나'에게 집중하며 살아보기로. '나'에게 집중하기로 해놓고 보니 '나'를 너무 모르고 있었습니다. 이렇게 조금씩 나에게 '나'를 소개하며 알아가려 합니다.

나를 소개하고자 쓴 글이 나를 마주하게 했다. 글로 썼기에 가능한 일이었다. 말로 했다면, 간단한 인적사항 외에는 나올 것이 없었을 거다. 글을 쓰면서 나를 만날 수 있다는 것과 지금까지 나 자신에 대해 잘 모르고 살았다는 사실을 깨닫게 해준 경험이었다.

이후 오랫동안 내 글의 주제는 '나'였다. 친구들을 이야기할 때도 그들과 함께할 때의 내 마음에 집중할 수 있었고, 그들이 나에게 어떤 존재인지를 생각하게 했다. 여행을 다녀온 이야기를 할 때는 일정 위주의 여행기가 아니라 내가 느끼고 생각한 것들을 쓰게 되었다. 블로그 방문자를 늘리기 위해 써놓은 맛집 소개용 여행기와는 확연히 다른 글이었다. 어디에 가서 무엇을 했는지보다는 매 순간 내가 느낀 생각과 감정을 떠올리려 집중했다. 이런 식으로 쓰기 시작한 글은 소재만 찾고 나면, 그 속에 있는 나를 생각하고 표현할 수 있었다.

혼자서 글을 쓰는 것만으로도 이렇게 큰 변화를 경험했는데, 글쓰기 모임을 하니 예상치 못한 것들이 더 많았다. 나의 시선으로 쓴 글을 함께 읽고 이야기를 나누니 또 다른 이해가 이루어졌다. 내 글을 읽은 타인이 말하는 '나의 이야기'를 듣고 나를 더 자세히 알아가게 된 것이다. 혼자 글을 쓰는 것이 고개를 숙여 나를 살피는 것이라면, 내 글을 가지고 함께 이야기를 나누는 것은 거울에 비친 내 모습을 보는 것과 같았다.

글쓰기 모임과 함께 시작한 또 하나의 모임에서는 같은 책을 읽고 서평을 쓰고 토론까지 했다. 이 모임은 자기계발서만 읽었던 나를 새로운 책의 세계로 인도했다. 『작은 아씨들』, 『닥터 지바고』, 『카라마조프가의 형제들』 같은 문학은 물론 『자기 결정』(페터 비에리 지음, 문항심 옮김, 은행나무, 2015), 『사회학의 쓸모』(지그문트 바우만 지음, 노명우 옮김, 서해문집, 2015) 같은 인문서를 읽고 거기다 서평까지 써야 했다.

중학교 졸업 이후 독후감조차 써본 기억이 없는데 서평이라니! 걱정이 태산이었다. 읽는 법부터 바꿔야 했다. 어떤 내용을 서평에 담아야 할지도 생각하느라 더욱 집중해서 읽었고, 인상적인 부분, 생각을 하게 하는 부분에 밑줄을 그었다. 이렇게 꼼꼼히 읽은 책의 서평을 쓸 때는 몰입이 아주 잘 됐다.

모임에서 내가 쓴 서평을 읽고 칭찬받을 때는 상당히 어색하고 불편했다. 그동안 땅 속 깊이 묻혀 있었던 나의 자존감 때문이었다. 그들의 칭찬은 내 자존감을 덮고 있던 흙을 한 삽씩 떠내는 것 같았다. 서평을 되짚어보니 『작은 아씨들』에는 나의 어린 시절에 대한 회고와 한 아이의 엄마로서의 성찰이 들어 있었고, 『속죄』를 읽고 나서는 자신을 옭아매고 있는 환경을 벗어나지 못하는 주인공과 똑같은 상황에 처한 나에 대한 인식과 대안을 찾아냈다. 『자기 결정』에서는 지금 내가 나를 찾아가고 있는 이 여정이 맞다고 응원해주는 소리도 들었다.

나의 자리를 찾다

글쓰기는 나의 생각, 느낌, 하고자 하는 말을 쓰는 것이다. 그러니 우선 나를 놓고 잘 살펴야 한다. 나는 자신을 인식하지 못한 삶을 살다가 글을 쓰기 시작하면서 나에게 집중하게 되었다. 페터 비에리의 말처럼 내 삶의 작가가 되어가고 있는 셈이다.

나는 업무 향상을 위해서 글쓰기를 시작했지만 결국 회사를 그만두었다. 내가 원하지 않는 업무였다는 것을 깨달았기 때문이다. 이제는 내가 하고 싶은 것을 생각하고, 그 안에서 내가 할 수 있는 것과 그렇지 않은 것을 구분 짓게 되었다. 배우고 싶은 것을 찾아 배우고, 만나고 싶은 사람을 만나며 내 시간을 조절하고 있다. 삶의 주체, 삶의 작가가 되어가고 있다는 증거다.

나를 살피게 되니 나와 가장 가까운 사람들에게도 변화가 생겼다. 내가 무엇을 하고 싶고 무엇을 원하는지 명확하게 표현하면서 가족 간의 오해가 줄었다. 책을 읽고 글쓰기를 하면서 삶의 의미를 찾았다고 남편에게 이야기하니 남편도 격려해준다. 엄마는 책 읽는 것을 좋아해서 책 읽는 시간이 필요하고, 글도 써야 한다고 이야기하니 아이도 내 옆에 와서 같이 책을 읽고 글도 쓰게 되었다. 정확한 이유도 모른 채 짜증내고 화내던 나의 모습이 사라지니, 주위는 자연스럽게 평화로워졌다.

업무의 상관관계나 여러 종류의 관계도를 그릴 때 사용하는 마인드맵이라는 프로그램이 있다. 말 그대로 마음 지도인 것이다. 회사에서 한참 마인드맵을 사용하던 시절에는 마음 지도의 중심 자리가 비어 있었고, 관계도는 실타래처럼 엉켜 있었다. 하지만 지금 내 마음 지도의 중심 원 안에는 내가 자리잡고 있다. 그리고 가장 가까이 있는 가족이 눈에 선명하게 보이고 아주 단순해진 관계들이 한눈에 들어온다. 이제 나는 어떤 선을 굵게 그어야 할지, 가까이 당겨야 할지, 때론 끊어야 할지를 선택할 수 있게 되었다.

요즘 나는 해야 할 일과 하고 싶은 일을 구분해서 살고 있다. 그러다 보니 하루가 온전히 내 것이라는 느낌이 든다. 혹시나 내가 한 일이 잘못되더라도 온전히 내 책임이라는 것이 오히려 내 마음을 가볍게 한다. 언젠가 지금의 나를 회상할 때, 내가 어떤 표정을 지었는지 얼마나 예쁜 모습이었는지 생생하게 떠오를 것이다.

정은정 초등학교 1학년 딸을 보살피는 엄마 역할이 가장 큰 임무라고 생각하며 생활하고 있다. 읽고 쓰는 행위가 나를 가장 편안하게 해준다는 것을 알게 되어 어디 읽고 쓸 일이 없는지 기웃거리고 있다. 현재는 초등학생과 중학생들의 독서토론, 논술을 지도하고 있다. 가끔 성인과의 독서토론 모임과 글쓰기 코칭도 하며 아주 행복한 마음으로 살고 있다.

글 앞에서 주눅 들지 않기

이효임

2014년에 개봉한 영화 〈행복한 사전〉은 사전 편집부원들이 국어사전을 만드는 과정을 다룬 작품이다. 아무도 이 일을 하고 싶어 하지 않아 출판사에서도 뒷방 늙은이 취급을 받는 이 부서에 '성실하다'는 뜻의 이름을 가진 마지메가 합류하게 된다. 영업부원이던 그는 소심하고 말주변이 없어 늘 성과를 올리지 못했지만 사전 편집부원이 된 후로 소통의 도구인 단어에 매력을 느껴 사전 만드는 데 평생을 바치겠다고 결심한다.

사전 편집부원들이 하는 일은 이렇다. 이미 있는 단어는 현 시대상에 맞게 재정의하고, 새로운 용례를 덧붙인다. 신조어들은 거리에 나가 직접 채집한다. 몇 십만 개나 되는 단어들을 새 사전에 온전히 담기까지 기존 사전과 비교하고 누락됐는지를 확인한다. 편집본은 최소 5번 교정한다. 그들은 정확한 사전의 가치에 공감하고 자부심을 갖고 일한다. 그리고 기획한 지 15년 만에 사전을 완성한다.

나도 마지메와 비슷한 일을 하는 편집자다. 내가 속한 출판사는 성서학 관련 기초 문헌을 우리말로 번역 또는 주해하여 발행한다. 나는 연구원들의 결과물을 책으로 만든다. 마지메가 단어를 채집하듯 번역에 필요한 고전어 원문을 타이핑하고, 마지메가 사전을 찾으며 단어의 뜻을 확인하듯 우리말 번역이 적절한지 사전을 뒤적거린다. 적확한 정의를 지닌 단어로 오해 없이 소통하기 위해 사전을 만들듯, 성경을 더 잘 이해하도록 돕기 위한 연구물을 책으로 만든다. 하지만 나는 마지메와 달리 내 일에서 벗어나고 싶었다. 지루하고 재미없어서가 아니었다. 내가 연구원들의 비서 또는 심부름꾼처럼 여겨졌기 때문이다.

나는 열등감투성이였다

내 업무 가운데 가장 힘든 일은 연구원들의 글을 교정·교열하는 것이다. 외국의 권위 있는 대학에서 박사학위를 받은 이들의 원고를 읽고 의견을 낸다는 것 자체가 부담스러웠다. 마지메 못지않게 소심해서 명백한 오류에 대해 이야기할 때조차 쿵쾅거리는 심장 소리가 들릴 지경이었다.

한번은 어떤 개념에 대해 정의한 문장을 읽는데 무슨 뜻인지 명확히 이해하기 어려웠다. 그래서 좀 더 쉬운 표현으로 설명해 달라고 요청했다. 그러나 이 분야를 공부한 사람이라면 다 알아들을 것이니 그대로 두라는 답변이 돌아왔다. 그 말은 내게 '좀 더 공부하고 오라'처럼 들렸다. 저자의 오만함보다도 나의 소심함 때문에, 석사과정만 마치고 박사는 미룬 채 연구소에 들어올 수밖에 없었던 내 처지에 대한 열등감 때문에 분노했다.

정민의 『다산선생 지식경영법』(김영사, 2006)은 공부와 학위에 대한 열등감이 최고조일 당시 여러 번 읽은 책이다. 천주교 박해와 당쟁에 휘말려 긴 유배 생활을 겪어야 했음에도 이를 본격적인 공부의 기회로 받아들인 다산을 닮고 싶었다. 특히 다산이 제자 황상에게 건넨 말을 읽으며 울었다. 황상과 내가 많이 닮아 있었기 때문이다.

둔하고 앞뒤가 꽉 막혀 답답한 자신은 공부할 만하지 못하다고 하는 황상에게 다산은 말했다. "배우는 사람에게 큰 병통이 세 가지 있다. 네게는 그것이 없구나. 첫째, 외우는 데 민첩한 사람은 소홀한 것이 문제다. 둘째, 글 짓는 것이 날래면 글이 들떠 날리는 게 병통이지. 셋째, 깨달음이 재빠르면 거친 것이 폐단이다. 대저 둔한데도 계속 천착하는 사람은 구멍이 넓게 되고, 막혔다가 뚫리면 그 흐름이 성대해진단다. 답답한데도 꾸준히 연마하는 사람은 그 빛이 반짝반짝하게 된다. 천착은 어떻게 해야 할까? 부지런히 해야 한다. 뚫는 것은 어찌하나? 부지런히 해야 한다. 연마하는 것은 어떻게 할까? 부지런히 해야 한다. 네가 어떤 자세로 부지런히 해야 할까? 마음을 확고하게 다잡아야 한다".

박사과정을 미룰 수밖에 없는 내 부족함에 암담했지만 적어도 원고 앞에서 주눅 들지는 말아야겠다는 심정으로 필요한 것부터 부지런히 공부해보기로 마음먹었다. 우선 원고를 공부하는 자세로 읽어나갔다. 조금이라도 의심이 가는 부분은 관련 도서를 참조했다. 또한 어떻게 글을 고쳐야 이 복잡한 설명을 모든 독자가 이해할 수 있을까를 고민했다. 그리고 그 결과를 저자가 수긍할 수밖에 없는 글로 제안하기 위해 글쓰기 관련 책을 열심히 읽었다. 특히 구본준 기자가 쓴 『한국의 글쟁이들』(한겨레출판사, 2008)을 자주 참고했다. 산전수전을 겪은 뒤 어느 정도 경지에 오른 지술가들의 이야기에 정신없이 빠져들었다. 그들의 글쓰기 요령을 적용해보려 애쓴 덕분에 내 글은 점차 나아졌다.

이렇게 일한 지 5년 만에 드디어 내게도 글 쓸 기회가 찾아왔다. 딱딱하고 어려운 글들이 대부분인 연구소의 격월간 회보에 좋은 책을 소개하는 코너를 마련했으면 좋겠다는 의견이 있었고 내가 그 꼭지를 맡게 된 것이다. 내게 주어진 분량은 원고지 10매 정도로 짧지만 결코 만만치 않았다.

서평, 내 관점 찾기

가장 먼저 소개한 책은 이권우의 『책 읽기의 달인 호모 부커스』(그린비, 2008)다. 저자는 "부족하고 모르는 것투성이인 데다 외롭고 고통스러워 책만 읽었"다고 자신을 소개한다. 나도 못난 게 서러워서 책을 읽기 시작했고, 어느 정도는 글쓰기를 할 만큼 성장했기에 독자에게 같이 읽자고 권하고 싶었다. 이 글에는 '달인을 꿈꾸다'란 제목을 달았다. 책을 계속 읽다 보면 어떤 분야에서든 결국 달인이 되지 않겠느냐며, 그 경지에 도달할 때까지 희망을 품은 채 인내하며 꾸준히 읽자고 썼다. 이는 나 자신에게 해주고 싶은 말이기도 했다.

짧은 분량이지만 버거웠다. 연재를 거듭할수록 쉬워지기는 커녕 더 어렵게만 느껴졌다. 왜 저자들이 마감일을 넘기는지 비로소 이해할 수 있었다. 소개할 책을 선정한 뒤에 어떻게 쓸까 며칠을 고민했고, 글 쓰는 시간도 종일 걸리기 일쑤였다. 이때 배운 점은 글이란 책상 앞에서 고민한다고 잘 써지는 게 아니라는 것이다. 오히려 다른 일을 할 때, 가령 사소한 집안

일이나 별생각 없이 타인과 대화를 나눌 때 글감이 생각나는 경우가 더 많았다. 심지어 어떨 땐, 마감 직전에 만난 친구의 말 속에서 아이디어를 얻기도 했다.

평소 고민하던 주제와 관련된 글감이 갑자기 나타나다 보니 놓치지 않기 위해 메모하는 습관이 생겼다. 글쟁이들은 메모광이라더니 자연스럽게 그리 된 거였구나 싶었다. 격월간 글쓰기 덕분에 주변을 인식하는 눈과 귀가 예민해졌다. 내 일도 달리 보였다. 교정·교열과 원고 반복해서 읽기는 글쓰기의 자양분이라는 걸 깨달은 뒤부터 일의 집중도가 높아졌다. 독서 습관도 달라졌다. 많은 책을 읽기보다는 좋은 책을 꼼꼼히 읽으려고 노력했다. 마음에 드는 저자를 만나면 그의 다른 책들을 읽거나, 참고문헌을 살폈다.

글쓰기에 대한 욕심이 더 커지면서 서평 첨삭 수업까지 수강했다. 첨삭을 받으면서 여태까지 썼던 연재 글은 리뷰라는 사실을 알았다. '좋은 책이니까 읽어보세요'라고 쓰면 리뷰고, '이 부분은 A라는 이유 때문에 아쉽긴 하지만, 저 부분은 B와 같은 상황에 처한 독자에게 유익함(혹은 감동, 혹은 깨달음)을 주기 때문에 읽어볼 만합니다(혹은 추천합니다)'라는 비평이 있어야 서평이라는 것이다. 곧 자기 관점을 분명히 드러내서 독자를 설득해야 한다.

서평 쓸 때 가장 어려운 점이 바로 자기 관점을 설득력 있게 드러내는 것이다. 나는 첨삭을 받을 때 이런 조언을 받은 적이 있다. "지금 이 글에서 검색하면 누구나 찾아낼 수 있는 것들은 반으로 줄이고, 효임 씨만이 생각해낼 수 있는 것들로 채워보세요." 내 생각에 대한 확신이 없어 솔직하게 드러내길 두려워하는 심정, 권위자 뒤에 숨어 안전하게 있고 싶은 나를 직면하게 한 말이다. 심지어 내 관점이 무엇인지조차 잊어버린 내게 비평은 당연히 어려울 수밖에 없었고, 서평 쓰기를 시작하면서 비로소 내 관점과 욕망이 뭔지 탐색할 수 있었다.

글쓰기는 나를 객관화하는 작업

학창 시절의 나는 우수해지고 싶은 학생이었다. 공부가 좋아서라기보다는 공부를 하고 있는 게 마음이 편해서 억지로 책상 앞에 앉아 있는 경우가 더 많았다. 한마디로 지루한 것을 버티는 게 내 특기였다. 이 특기를 끝까지 발휘하여 우수함의 상징인 박사학위를 받으면 행복해지리라 믿었다. 하지만 석사과정만 마치고 연구소에 들어갔기에 박사학위를 받은 연구원들을 볼 때마다 내 마음은 불편했다. 나는 자신을 존재감 없는 투명인간으로 인식했다. 연구소가 지향하는 가치를 온전히 이해하고 공감하는 편집자로 일하기엔 그야말로 그 태도가 열등했다.

“시선을 내부로 돌려 나와 마주하는 것이 아니라 시선을 밖으로 돌려 타인을 이해하려 할 때와 크게 다르지 않은 시선으로 나를 보아야”(『자기 결정』, 페터 비에리 지음, 문항심 옮김, 은행나무, 2015) 한다는 구절에 밑줄을 그은 적이 있다. 이 말대로 문학 서평을 쓰면서 비로소 내 소심함과 열등감의 실체를 파악하게 되었다. 더불어 두 감정이 얼마나 쓸데없고 관계 맺기를 방해하는지를 실감했다. 그동안 자신에게 만족하지 못했을 뿐만 아니라 타인을 알게 모르게 무시했었다는 사실을 인정하지 않을 수 없었다. ‘좀 더 공부하고 오라’는 듯한 나의 태도가 하나하나 떠오르면서 정말 부끄러웠다.

10년 전이나 지금이나 나는 여전히 고전어를 타이핑하고 사전을 찾고, 원고를 고친다. 단순한 작업처럼 보이지만 지극히 꼼꼼하고 정교해야 하는 일이다. 아무나 할 수 있는 일은 아니다. 마지메나 황상처럼 느리고, 소심하고, 인내심이 있어야 한다. 그동안 나는 이 세 가지를 하찮게 여기고 민첩함, 재빠름을 추구했다. 하지만 이 둘은 노력한다고 해서 온전히 얻을 수 있는 것이 아니다. 그러나 앞의 세 가지는 이미 가지고 있고 이것 덕분에 지금까지 편집자로 일할 수 있었다.

지금은 생각한다. 내 소심함은 신중함으로, 느림은 꼼꼼함과 정확성으로 키워나갈 수 있는 귀한 자원이라고. 덕분에 편집자로 어느 정도 밥벌이 하고 있지 않으냐고.

행복은 자격증이나 학위가 아니라 스스로 더 나아지려고 노력함으로써 얻을 수 있다는 사실을 글쓰기로 배웠다. 글쓰기는 자신의 성장 과정을 확인하는 방법으로 꽤 유용하다. 편집자로 일하면서 글은 글쓴이의 지식 수준뿐만 아니라 삶의 태도나 심리 상태도 어느 정도 엿볼 수 있는 창임을 확인할 수 있었다. 고민하고 지우고 쓰기를 반복하여 겨우 완성해낸 결과물을 찬찬히 읽는 동안 내면에 점점 차오르는 그 성취감이 열등감 찌꺼기를 어떻게 변화시킬지 앞으로도 기대된다.

이효임 자신의 소심함, 느림, 둔함을 신중함, 꼼꼼함, 정확함이라 믿으며 이 특기를 발휘해 일하는 편집자. 유능한 편집자가 되고 싶어 혼자 책 읽고 끄적이다가 독서공동체에 들어가 함께 읽고 쓰고 토론하면서 유능함보다 중요한 것들을 알아가는 중이다. 요새는 영화 리뷰 모임에 참여하며 종합 인문학의 맛을 음미하고 있다.

숫자나라 지 과장의 글나라 여행기

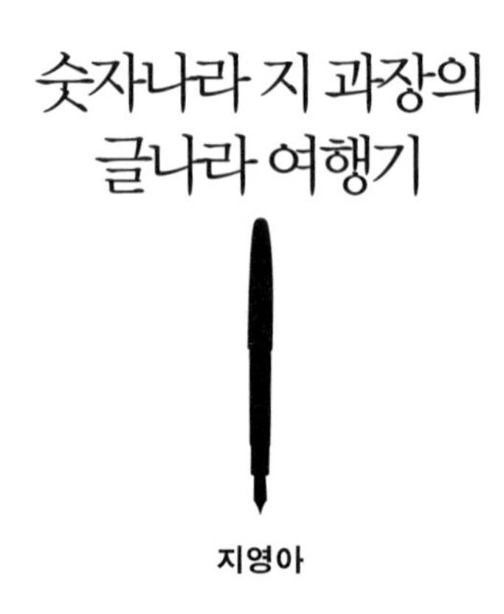

지영아

나는 토목 엔지니어다. 건설회사에서 고객이 어떤 프로젝트를 계획하면 내용을 검토해 원가를 뽑고, 이윤을 계산하는 것이 나의 주된 업무였다. 글로 쓰니 단 몇 줄로 표현되지만 이 과정은 그리 간단하지 않다. 경쟁사에 지지 않기 위해 더욱 저렴하고 효율적인 방법을 끊임없이 고민하고, 이를 숫자로 반영한다. 이 과정을 몇 번이고 반복하며 예산을 뽑지만, 정작 경영진에게 보고하는 것은 딱 두 줄이다. 입찰가 725억, 이익률 7.38%. 나의 업무는 이렇게 딱 두 줄의 숫자로 표현되었다.

그동안 내가 살아온 세계는 글이 필요 없는 곳으로, 숫자와 공학 기호들만이 무수히 날아다녔다. 엑셀 프로그램이 없으면 업무가 불가능했으며, 빠르고 정확하게 결과를 뽑는 것으로 업무 능력을 평가받았다. 그렇게 10년 넘게 살다 보니 자연스레 나의 생각과 삶도 물들었고, 과정보다는 결과만 중시하는 삶을 살았다.

'답정너' 보고서

기획 부서로 옮기면서 숫자 나라에서만 살던 나에게 다른 세상으로 여행할 기회가 찾아왔다. 안 그래도 업무에서 밀려오는 허무함에 지쳤던 터라 반가웠다. 그러나 이내 실무 경험이라는 든든한 배경을 가지고 있던 나에게 현실을 자각하는 시간이 찾아왔다. 엑셀과 숫자를 모국어처럼 쓰고, 워드와 글자는 외국어나 마찬가지였던 나에게 가장 먼저 주어진 일은 내가 담당하던 견적 시스템을 개선해 업무 효율을 내는 투자 기획에 관한 보고서를 쓰는 것이었다. 그동안 계속 문제라고 생각했던 사안이라 보고서 작성에 대한 거부감은 없었다. 문제점과 해결 방안을 잘 알고 있으니 쓰기만 하면 되는 일이라 생각했다.

자신만만하게 워드 프로그램을 열었지만, 어디에서부터 시작해야 하는지 막막했다. 생각을 글로 표현하는 것의 어려움을 실감했다. 한참을 깜박거리는 커서만 민망하게 쳐다봤다.

안 되겠다 싶어 다른 사람들의 보고서도 살펴보고 선배들에게 조언도 구해가며 힘겹게 가닥을 잡았다. 12시까지 야근을 하고 나서야 겨우 두 장짜리 보고서를 완성했고, 부서장 책상에 자랑스럽게 올려놓았다. '내일 아침에 어깨를 으쓱거릴 수 있겠구나' 하며 흐뭇하게 사무실을 나섰다.

'답정너' 보고서. 부서장의 진단이었다. 배경과 목적, 추진 방안에 대한 설명 없이 답은 정해져 있으니 너는 사인만 하라는 보고서라고 했다. 공들여 시뮬레이션까지 해가며 얻은 객관적 수치가 있었기에 자신 있었고, 이렇게 개선 효과가 명확한데 더 이상 뭐가 필요하냐면서 부서장과 맞붙었다. 그러나 하나하나 따지는 부서장 앞에서 난 말문이 막혔다. 개선 전후의 명확한 숫자 변화만 보여주면 될 거라고 생각했는데 그게 아니었다. 개선이 필요한 이유와 진행 방안, 선정 안의 적정성, 기대 효과 등을 차근차근 풀어나가야 했다. TV에서나 듣던 스토리텔링이 필요했던 것이다.

엔딩만 기억하는 세상

부서장의 피드백은 나의 정체성을 흔들었다. 어느 날 눈을 떠보니 낯선 나라에 홀로 남겨진 느낌이었다. 항상 정확하게 계산된 숫자만 들이밀고 '결정하세요'라고 말하던 습관이 나를 지배했던 것이다. 숫자와 결과라는 기존의 언어를 버리고, 글자와 과정이라는 새로운 언어를 배워야 했다. 그때부터 보고서는 매일매일 수정을 반복하며 40번 이상 고쳐 썼다. 보고서를 수정할 때마다 내 자존감은 급격하게 떨어졌고, 스트레스 지수는 상승했다.

답답한 마음에 후배들을 불러 모아 술판을 벌였다. 요즘 내가 얼마나 힘든지, 마음속의 울분을 성토할 작정이었다. 하나 이상했다. 손만 대면 바로 폭발할 것만 같던 그 답답함을 말로 표현할 수가 없었다. 어디서부터 어떤 말로 풀어내야 하는지 감을 잡을 수 없었다. 그냥 '힘들다.', '부서장의 시각이 나와 너무 다르다'는 말 밖에는 생각나지 않았다. 결국 짧은 한마디만 내뱉고 말없이 술만 마셨다. 그날은 만취해 그대로 침대에 엎어졌다.

하지만 잠이 오질 않았다. 보고서를 40번 넘게 반려당하면서 계속 매달려 있으니 일이 많아지고, 부서장과 생각의 차이가 좁혀지지 않으니 힘들고 답답했다. 무능한 내가 창피하고, 이런 것들을 다 말하려니 구차했다. 더 무서운 것은 그동안의 삶이 항상 같은 방식이었다는 것이다. 바쁘게 열심히 살아왔지만 그 시간들은 흩어지고, 모래성 같은 결과만 남아 있었다. 삶의 기뻤던 순간은 뭐가 그리 기뻤는지, 나빴던 때는 구체적으로 어떤 것이 나빴고 그 시간들을 어떻게 보냈는지. 누군가 내 기억의 필름들을 엔딩 부분만 남기고 모두 편집한 것 같아 허무했다. 과정을 기록하고 싶었다. 글을 배워야 했다.

글나라 여행 프로젝트

1단계 : 친해지기

쉬운 것부터 접근하기로 했다. 우연히 '자유롭게 글을 쓰고 공유'하는 '이야기 모임'을 알게 되었다. 처음에는 뭐라도 쓰다 보면 자연스레 보고서 쓰기도 쉬워지지 않을까 하는 마음이었다.

막상 참가 신청하고 나니 글쓰기의 압박이 시작되었다. 글을 써본 경험이 없으니 막막한 게 당연했다. 또 다시 모니터의 커서를 멍하니 쳐다봤다. 썼다가 지우고, 한숨 쉬기를 반복했다. 하지만 마감의 힘은 역시 대단했다. 모임 시간이 다가오니 더 이상의 여유가 허용되지 않았다. 말이 되건 말건, 머릿속의 생각을 붙잡아 글로 옮겼다. 겨우 A4 한 장이 조금 넘는 분량을 작성하고 나니 어쨌든 마음은 뿌듯했다.

모임에 참여하면서 글쓰기의 재미를 느낀 나는 일기에 일과를 기록하는 초등학생 수준의 글쓰기가 아닌 주제를 정하고 완결을 짓는 그런 글쓰기가 하고 싶어졌다. 단순한 끼적거림을 벗어나 주제에 오래 머물며 생각하는 연습을 했고, 차곡차곡 시간들을 모아 글로 표현하며 글에 대한 어색함을 없애기 위해 노력했다. 한 달에 한 번으로 시작한 글쓰기를 3주에 한 번, 2주에 한 번으로 주기를 좁혔다. 글쓰기와 친해진 덕분인지 업무 스트레스도 상당히 줄었다. 술을 마시면 속이 쓰렸지만, 글을 쓰면 속이 풀렸다. 보고서 작성 역시 한결 수월해졌다. 결과만 내놓고 우격다짐하던 그런 방식에서 벗어나, 전략적인 보고서를 쓰기 시작했다.

이후 글과 더 친해지고 싶어서 호기롭게 100일 동안 매일 글을 쓰는 프로젝트에 도전했다. 이를 통해 내가 얻은 것은 글쓰기 습관과 시야의 확장이었다. 50일쯤 되니 글감만 생기면 무엇이든 쓸 수 있었고, 80일쯤에는 많은 시간을 들이지 않고 퇴근길 버스 안에서 글을 쓰는 경지에 이르렀다.

글을 쓰려면 글감과 관점이 있어야 하기에 시야의 확장은 당연한 결과였다. 글감을 찾고, 글감을 뚫어져라 쳐다보며 나만의 관점을 만들어야 했다. "자세히 보아야 예쁘고, 오래 보아야 사랑스럽다"는 시구처럼 오랫동안 자세히 들여다봐야 글이 시작되었다. 그렇게 한 방향으로 얕게 바라보던 나의 시야가 조금 더 넓고 깊게 확장되었다.

2단계 : 감응하기

글쓰기와 어느 정도 가까워져 마음이 흐뭇해질 무렵 스멀스멀 새로운 의혹이 고개를 들었다. '계속 정리되지 않은 글만 써도 괜찮은가?' 슬슬 양질의 글에 대한 욕심이 생겼다.

새로운 도전이 필요했다. 글쓰기 관련 책도 찾아보고, 함께 글 쓰는 동료들과 고민을 나누며 해결 방안을 찾아 나섰다. 그러다가 『글쓰기의 최전선』(메멘토, 2015)이라는 책을 낸 은유 작가의 강좌가 지역 문화원에 개설되었다는 것을 알고 냉큼 등록했다. 20여 년간 낸 세금이 아깝지 않은 순간이었다.

수업은 사전 과제로 정해진 주제의 글을 쓰고, 그 글을 모두가 함께 보며 합평하는 방식으로 이루어졌다. 매주 과제를 하기 위해서는 어쨌든 주제들을 붙잡고 늘어져야 했다. 내가 주로 사용한 방법은 혼자 하는 브레인스토밍이다. 틈날 때마다 주제에 대해 떠오르는 생각들을 마구잡이로 적었다. 조금이라도 연관이 있다 싶으면 적어 두고는 그것들을 적당한 기준으로 분류해나갔다. 이렇게 나온 키워드를 잡아 글을 쓰며 나만의 글쓰기 방법을 찾아나갔다.

같은 주제임에도 수강생들의 글은 십인십색이었다. 저마다 삶의 여정이 달랐기에 주제에 대한 해석과 접근법도 모두 달랐다. 내가 모르는 세상이 눈앞에 펼쳐졌다. 어린 시절 집안 사정으로 포기했던 배움을 뒤늦게 시작하는 할머니의 이야기, 온

동네 사람들이 함께 상여를 매던 아버지의 장례식 풍경, 어디에서도 들을 수 없는 진귀한 이야기들에 내 모든 감각이 호사를 누렸다. 흩어진 유리 조각들이 어우러져 예쁜 영상을 만들어내는 만화경을 선물 받은 느낌이었다.

글쓰기는 나의 삶을 여러 차원으로 확장시켜주었다. XY그래프의 1사분면만 쳐다보며 살다가 4사분면까지 전체로 확장되는 느낌이었다. 명확하게 자리 잡았던 나의 경계를 흐릿하게 만들었지만 그 흐릿함에서 자유가 느껴졌다. 좌표를 가지지 않았기에 어디든 갈 수 있었고, 무엇이든 느끼고 움직일 수 있었다. 그렇게 나는 글쓰기를 통해 자유롭게 삶에 감응하는 법을 배웠다.

3단계 : 전략 잡기

숫자 나라에서의 삶이 남긴 유산 덕분에 나의 글쓰기는 논리를 갖추고 있었고, 이 장점을 살려 칼럼 쓰기에 도전해보고 싶었다. 그런데 마침 동네에서 칼럼 쓰기 강좌가 열려서 참여했다.

이 과정에서 배운 것은 글쓰기의 전략적 접근이었다. 글을 쓰기 위해서는 우선 심정적 독자를 선정하고, 그에 맞는 전략을 세워야 한다고 했다. 심정적 독자란 내가 글로 영향력을 미치고 싶은 대상이다. 누구를 대상으로 글을 쓸지 먼저 독자를 선정하고, 그들에게 가장 유효한 방법으로 글을 써야 한다. 나와 생각이 같은 사람과 이야기할 때는 많은 설명을 하지 않아도 이야기가 통하므로 핵심만 추려서 글을 쓸 수 있다. 반면 나와 정반대 생각을 가진 사람에게는 내 생각을 이해시키고 동조하게 만드는 요령, 즉 전략이 필요하다.

전략과 설계의 필요성을 알고 나니 글쓰기가 훨씬 수월해졌다. 무작정 덤벼들기보다는 한 번 더 생각하게 되었다. 브레인스토밍을 통해 키워드를 잡고, 전략과 구조를 설계하는 과정을 거쳐 나만의 글감 데이터베이스를 만들기 시작했다. 키워드별로 목적과 독자에 따라 활용할 수 있는 사례나 인용문 등을 정리했다. 책을 읽다가 만난 좋은 구절이나 정보도 틈틈이 추가했다. 아직은 시작 단계이지만, 쌓이다 보면 훌륭한 보물이 되리라.

여행은 계속된다

불과 1년 반 사이에 일어난 일들을 이렇게 글로 정리하고 나니 새삼 놀랍다. 낯선 나라를 여행하며 현지인과 짧은 의사소통에 성공했을 때의 기쁨이 이런 게 아닐까. 그 수준은 아직 보잘것없지만, 적어도 내가 이곳에서 밥을 굶거나 길을 잃지는 않으리라는 자신감, 어디를 가든 여행을 잘 해내리라는 그런 충만함이 생겼다.

글쓰기를 하며, 글이란 낯선 존재와 친해졌다. 이제는 매일 만나 스스럼없이 말을 건넨다. 3D 안경을 끼고 있는 듯, 그간 좁고 단편적이던 세상이 3차원의 실감 나는 세상으로 느껴진다. 독자 입장에서 생각하고, 스토리텔링을 할 수 있는 전략적 접근도 배웠다. 이제 더 이상은 계산된 숫자만 들이밀며 이해를 강요하는 '답정너' 보고서는 쓰지 않는다. 답답함에 술의 힘을 빌리지도 않는다. 나의 생각과 느낌의 정체를 알려고 노력하고, 그것들을 적확한 말들로 표현하려 한다.

나처럼 숫자 나라에서만 살던 사람들, 성과와 효율 아래에서 숫자와 씨름하고 있는 회사원들, 글과 친해지고 싶지만 어떻게 해야 할지 막막하기만 한 사람들에게 이 한마디는 자신 있게 할 수 있다. 일단 한번 써보라고. 해외여행을 하려면 일단 비행기 티켓이 필요하듯, 되든 안 되든 일단 쓰는 것으로 시작하는 수밖에 없다. 자신감을 갖고 쓰기부터 시작하자. 혹시 아는가? 나중에 칼 세이건이나 올리버 색스 같은 유명한 작가가 될지.

지영아 공대를 졸업하고 건설회사에 입사해 수치를 중시하는 세상에 살던 중 숭례문학당을 만났다. 글을 쓰면 마음이 편해지고, 책을 읽으면 마음에 힘이 생겼다. 읽고 쓰는 삶에 끌려 과감히 직장을 포기. 일주일에 4일은 책을 읽고, 3일은 일을 하는 반자유인의 삶을 살고 있다. 현재 600일째 매일 글을 쓰고 있으며, 서평 집중 조교, 소소한 이야기 모임 운영자로 활동하면서 글의 매력에 푹 빠져 지낸다.

딴판으로 살기

민정선

올해 마흔이 됐다. 얼마 전까지만 해도 읽고 쓰는 일은 나와 전혀 상관없는 분야였다. 전공과 거리가 멀고 문학적 소양도 부족했다. 나는 지나치게 실용적이고, 조직적인 사람이다. 맺고 끊음이 확실하고 좋고 싫음이 분명하다. 단위 시간당 해야 할 일이 정해져 있어야 편안한 사람, 그게 나였다. 주변 사람들은 이런 나를 보고 "보약은 먹고 있어?" 혹은 "한시도 쉬지 않으면 힘들지 않아?"라는 반응을 보인다. 에둘러 말하면 매사에 피곤함을 자처하는 사람이라는 말이다. 그럴 때는 내심 '그냥 쉬면 더 피곤하던데'라고 생각했다.

나는 들인 시간과 노력에 비례해 즉각적으로 반응이 오고 결과가 나와야 본능적으로 안정감을 느끼는 부류다. 결과를 예측할 수 없고 효과적이지 않은 일은 시도조차 하지 않았다. 경제적인 '효용과 효과'의 가치는 나를 아우르는 단어였다.

그런 나에게 글쓰기란 그저 '잘난 척'이었다. 글을 쓰지 않아도 사는 데 지장이 없었고, 글 쓰는 일이란 타고난 재능이 있거나, 날카로운 식견과 삶의 통찰을 가진 지성인만의 전유물이라고 생각했다. 그런 내가 어떻게 읽고 쓰는 일에 빠지게 되었을까? 시작은 대수롭지 않았다.

심리적인 방패가 필요했다

나는 간호사다. 종합병원 간호사로 16년째 일하고 있다. 일분일초도 편안함과 느긋함을 기대할 수 없는 직업이다. 그와 동시에 전문성과 친절함이 필수 요건으로 따라다니기 때문에 상당한 압박감을 가지고 일할 수밖에 없다. 신입 시절에는 몰랐지만 요즘 들어 이 압박감이 나의 정신과 신체를 천천히 잠식하고 있다는 사실을 알게 됐다.

노동자의 인권을 위한 강의와 교육을 실천하는 성공회대 하종강 교수는 간호사의 모습을 보고 이렇게 말했다. "간호사 선생님이 근무하는 동안 단 1초도 멈춰 있는 시간이 없다. 어떻게 인간이 열 시간 정도를 그렇게 일할 수 있단 말인가? 그렇게 일하는 것이 상식적으로 가능해지려면 인간의 신체 구조가 지금과는 좀 다르게 생겼어야 한다. 한국 병원에는 할머니 간호사가 없다. 이미 20대, 30대에 할머니가 된 간호사들은 많다."

나 역시 그랬다. 추간판이 파열되는지도 모르고 일했다. 그러다가 측면부에 마비가 왔고, 즉시 응급 수술을 받았다. 수술 이후 충분한 재활은 현실적으로 어려웠고, 다양한 방법으로 재활하려고 애썼다. 자세 교정, 근력 강화 운동, 도수 치료, 생활 운동을 지속했고 각종 진통제와 근이완제를 입에 달고 살았다. 재활에는 시간이 필요한 법인데 시간이 넉넉지 못해 마음이 급했다. 틈만 나면 한방과 양방, 민간요법 가릴 것 없이 재활에 도움이 되는 것이라면 뭐든지 했다.

걷지 못하고, 몸을 제대로 가누지 못하던 몇 주의 시간과 재활을 위해 노력하던 수개월 동안, 하고 있던, 또 하고 싶었던 모든 것을 내려놓아야 했다. 몸이 아프니 마음까지 아팠다. 몸과 마음은 동전의 앞뒷면처럼 뗄 수 없는 관계라는 것을 예전에는 미처 몰랐다. '보통의 생활'이라는 것도 몸과 마음이 최소한의 건강을 유지했을 때 가능한 것이었다.

우울감은 빠르고 깊게 전파됐다. 엄마인 나를 불안하게 만들었고, 아내인 나를 흔들어댔으며, 동료인 나를 싸움닭으로 만들었다. 다스리지 못한 감정은 곧 부메랑이 되어 돌아왔다.

나의 우울함이 아이들에게까지 영향을 미친 것이다.

초등학교 2학년이 되면서 둘째 아이에게 틱 증상이 나타났다. 책에서나 보았던 증상들이 눈앞에서 벌어지니 당황스러웠다. 주어지는 자극을 확대해석하여 반응하는 아이의 신체적, 정서적 징후들은 그 원인이 모두 '나'라고 말하는 것 같았다.

아이는 우울하다고 말하지 못해 얼굴을 찡그리고, 코로 킁킁거리는 소리를 냈다. 단순 음성 틱이라지만 강도나 빈도가 더 늘어날지, 줄어들지 알 수가 없는 상황이라 걱정이 이만저만이 아니었다. 무엇도 자신이 없고 무얼 해도 형편없어 보이고, 작은 일에도 쉽게 상처받을 때마다 기댈 곳은 예쁘게 자라주는 아이들이었는데. 한없이 우울한 나를 바꾸고 싶었다.

치유하기 위한 방법으로 선택한 것은 여행이었다. 현실 도피적인 방법이었지만 효과가 있었다. 유통기한이 짧고 중독성이 강하다는 단점에도 불구하고 그때는 '떠나는 것이 무조건 옳다'고 믿었다. '생계형 밥벌이'라는 생각이 직장 생활을 더 힘들게 했을 때라 더욱 그랬다. 특히 자존감이 떨어지거나 불안할 때 심리적인 방패가 두꺼워졌다.

불안의 기제를 덮어버릴 만큼의 '열정 과시', '떠벌림'으로 마치 나는 아무렇지도 않고 힘들지도 않다는 듯이 현실을 버텨내고 싶었는지도 모른다. '난 괜찮아'라는 방어기제 때문인지 나는 과도하게 자기 어필하는 사진을 글과 함께 SNS에 올리기 시작했고, 주변 사람들은 나의 놀라운 행보에 탄성을 질렀다. 놀랄 만한 소식은 늘 넘쳤고, 그것을 타인에게 공유하고 나면 한 주를 잘 살아낸 것 같은 기분이 들었다.

타인의 인정이나 부러운 시선은 우울한 현실을 버텨내는 데 한몫했다. 팍팍한 일상과 다채롭게 주말을 보내는 모습은 대비를 이루었기에 글이 길어질 수밖에 없었다. 또 경험을 통해 알게 된 알짜배기 정보들을 공유하며 만족감을 얻었고, 남들의 부러워하는 시선에 의기양양해지기도 했다. 이렇게 글쓰기는 나를 드러내는 중요한 도구가 되어갔다.

여기에는 주어진 시간을 요긴하게 써야 한다는 시간 강박도 작용했다. 직업이 내게 준 습관이라고 해야 옳을 것이다. 나는 선천적 혹은 후천적으로 '시간 강박증'이 있었다. 시간을 헛되이 쓴 날은 우울감과 자괴감에 빠졌다. 매주 일정량 이상 생산적인 무언가로 하루를 채우고 집으로 돌아와야 마음이 편했다. 익숙한 환경이나 정해진 원칙, '오더'라는 타인의 명령은 나를 수동적이고 무기력하게 만들었고, 글을 쓰기 시작하면서 조금씩 '있는 그대로의' 내가 되살아나는 느낌이 들었다.

『트리거』(마셜 골드스미스·마크 라이터 지음, 김준수 옮김, 다산북스, 2016)에서는 우리가 스스로 행동을 변화시켜 진정으로 원하는 자신이 되기 위해서는 트리거가 무엇인지 알고, 우리에게 필요한 트리거를 찾아야 한다고 말한다. '방아쇠'(사건이나 반응 따위를 일으키다, 유발하다)를 뜻하는 트리거를 저자는 '우리 생각과 행동을 바꾸는 심리적 자극'으로 정의한다. 나의 트리거는 바로 글쓰기였다.

새로운 인생이 시작되다

나는 여행이나 체험 활동을 하고 난 후 이를 드러내고자 글을 썼는데, 어딘가 들뜨고 성근 느낌이었다. 구성없는 짧은 글이나 감정이 그대로 드러나거나 넋두리하는 듯한 글이 아닌, 차분하고 치밀한 그런 글을 쓰고 싶었다. 글쓰기 방법에 대한 갈증을 해소하고 싶었던 나는 직접 오아시스를 찾아보기로 했다.

무언가를 배우고 싶다면 가장 먼저 거기에 맞는 학교나 학원, 단체를 찾아야 한다. 중학교 2학년, 초등학교 4학년인 아이들을 돌보고, 생업은 유지하면서 가능한 한 모든 수업은 다 찾아다닌 것 같다. 그리고 내 상황에 가장 적합한 방법은 온라인 토론, 글쓰기 교정 수업이라는 것을 깨달았다. 시간과 공간에 구애받지 않고 해야 할 일은 다 하면서 교육을 받을 수가 있었다. 비록 직접 만나본 적은 없지만 처음으로 나를 위한 과외선생님을 고용한 느낌이랄까. 수업 내용도 신선해서 늘 반복되던 일상에 활기를 불어넣어주었다.

글쓰기를 실천하는 방법은 매우 다양했다. 예를 들면, 뉴스

보고 필사하기, 매일 다른 장르의 글을 읽고 필사한 뒤 나만의 스타일로 고쳐 써보기, 고전 문학을 읽고 발췌와 단상을 올린 후 논제를 가지고 온라인으로 토론하기 등이었다. 주 2회는 퇴근 후 야간 수업으로 '소설 쓰기 입문반'과 '여행 에세이 쓰기'를 병행했다. 자발적인 선택은 피로가 아니라 필요로 느껴졌다.

책 읽는 데 할애하는 시간이 늘고 글을 읽는 시각이 변하자 글쓰기를 대하는 자세가 달라졌다. 읽고 쓰는 행위는 몸과 마음과 같은 것이었다. 책을 찾아다니면서 여행도 점차 근교의 도서관이나 북 카페, 책방 거리, 문학 여행으로 방향을 틀었다. 일과 삶의 균형을 맞추고, 너울대던 감정 조절이 가능해졌다. 중학교 2학년 아들은 몰입하는 엄마가 존경스럽다고 말해주었고, 언행도 부드러워졌다. 틱으로 노심초사하게 만들었던 초등학교 4학년 아들은 증상이 눈에 띄게 줄었다. 심리적으로도 안정감을 느끼는 것 같았다. 글쓰기는 나를 변하게 했고 그로 인해 가정의 분위기도 완전히 바뀌었다.

말은 한 번 내뱉으면 즉시 휘발되어버리지만, 글은 달랐다. 정리된 말로 표현하고 퇴고하면서 그때의 감정들을 영원히 기억할 수 있게 해준다. 또 글을 쓰다 보면 응어리진 어떤 차가운 덩어리가 사르르 풀리는 느낌이 들곤 했다. 비록 가족이나 가까운 친구가 전부였지만, 독자를 염두에 두고 쓰다 보니 내용의 수위를 조절해야 했고, 과잉된 감정 표현도 줄어들었다. 타인과의 대화의 결도 달라졌다. 사소한 소통의 차이로 주위가 밝아졌다.

글쓰기를 만난 이후 내 삶의 틀이 달라지지는 않았다. 그러나 내가 가진 생각과 감정을 더욱 잘 표현하게 되었고, 쓰기를 통해 겪은 해소의 경험과 공감 훈련들은 타인과 관계를 맺는 데 여유를 주었다. 글쓰기로 불통에서 소통으로, 아집에서 공감으로, 냉소에서 평화로움으로 변화할 수 있음을 온몸으로 느끼고 있다. 이젠 일과 삶의 불균형 속에서 거칠게 몰아치던 지난날을 되돌아보고 새로운 삶을 꿈꾼다. 눈빛이 따듯해지고, 말투가 편안해지며, 손길이 부드러워지는 두 번째 스무 살이 행복하다.

민정선 이이를 기우면서 취향을 발견해가는 중인 워킹맘으로, 긴박한 수술실에서 일하는 16년 차 간호사이자, 주말이면 여행하는 것을 낙으로 삼는 호기심 많은 여행자다. 역사 기행이 좋아 한국사능력검정시험 1급까지 취득했다. 읽고, 쓰고 걷는 것에 취해 월 25권의 책을 읽고 10회 이상의 토론을 즐기며 활기찬 두 번째 스무 살을 살고 있다.

2장

함께하면 더 즐거운 글쓰기

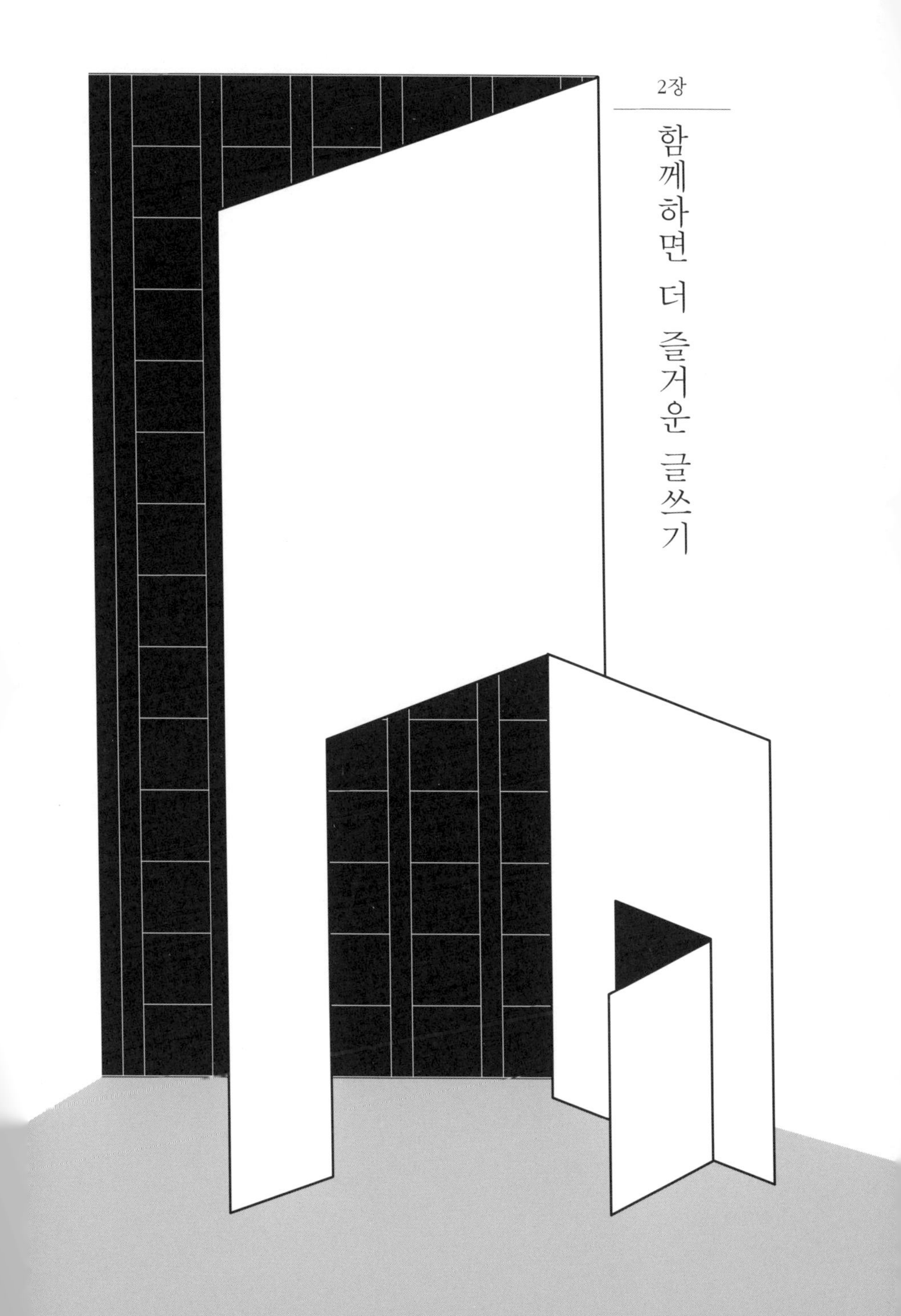

소설가를 꿈꾸는 프로그래머

우부경

어릴 때나 지금이나 왜 나는 항상 이렇게도 외롭고 쓸쓸한가. 아무도 이해할 수 없다는 고독 앞에서 나는 지금도 길을 찾고 있다. 나를 오랫동안 봐온 친구들은 내 이름 세 글자만 생각해도 '외로움'이 떠오른다고 했다.

사랑 하나만 믿고 가출한 엄마와 아빠는 어린 나이에 고향을 떠나 작은 시골에 터를 잡고 나를 낳았다. 양가에서 아무런 도움을 받지 못한 부모님은 맞벌이를 해야만 했고, 엄마는 마지못해 동네 어른들에게 나를 맡기고 일터로 나갔다. 마음 좋은 어른들은 서로 앞다투어 따듯한 등을 내주었고, 나는 그들의 품 안에서 별 탈 없이 무럭무럭 자랐다.

어른들은 나에게 옛날이야기를 많이 들려주었다. 비슷하면서도 각자의 개성이 담긴 자장가들도 함께 말이다. 덕분에 내가 말을 일찍 깨칠 수 있었다고 엄마는 말했다. 종알거리며 묻고 답하는 나를 보며 그들도 함께 기뻤었노라고.

그랬던 내가 그들의 등에서 내려와야 했던 계기가 있었다. 남동생이 태어난 것이다. 그들은 나보다 더 어린 동생을 업어줘야 했다. 나는 이해하면서도 서글퍼졌다. 더 이상 그들의 등에서 '옛날 옛날에'로 시작하던 이야기를 들을 수 없었기 때문이다. 나는 어른들의 꽁무니를 따라다니며 이야기를 들려달라고 졸랐지만 그들은 동생을 받치지 않은 손 하나를 휘휘 저으며 나를 내치기까지 했다.

그런 어른들도 나를 필요로 할 때가 있었는데 동네 구판장에서 술을 마실 때였다. 나는 대여섯 살 때부터 유행가를 곧잘 불렀다. 어른들은 내가 노래하는 걸 좋아했다. 하지만 막상 노래를 부르기 시작하면 그들은 나에게 관심이 없었다. 누가 더 힘든 인생을 살고 있는지 내기라도 하듯 자신의 이야기에 집중했다. 노래가 끝난 뒤 아무도 나에게 관심을 보이지 않고 혼자 멍하니 서 있을 때 이미 깨달았던 것 같다. 어른이 되면 다른 사람의 말에 귀 기울이기보다는 자신의 이야기를 하는 데 더 열중한다는 것을. 이 진실을 너무 일찍 깨달은 탓에 나는 '외로움'을 숙명처럼 끌어안고 성장했는지도 모른다.

말을 일찍 깨쳤기 때문일까. 나는 글도 빨리 배웠다. 글자는 나를 무서운 속도로 이야기 세상 속에 빠지게 했다. 손에 잡히는 것마다 읽어 내려갔다. 너무 재미있었다. 어른들의 옛날이야기뿐만 아니라 더 재미있는 이야기가 그 속에 있었다. 엄마와 아빠가 동생에게만 관심을 쏟아도 외롭지 않았다. 나는 시간 가는 줄 모르고 책 읽기를 거듭하며 초등학생이 되었다.

초등학생이 된 내가 가장 좋아한 것은 '일기 쓰기'였다. 내 이야기를 쓰는 재미가 책을 읽는 재미만큼이나 컸다. 일기 쓰기를 질색하는 친구들과 달리 나는 일기 쓰는 일이 기다려지기까지 했다. 내 주변의 이야기를 쓰면서 혼자 키득거리기도 하고 눈물을 흘리기도 했다. 나를 제외한 내 일기의 유일한 독자는 담임선생님이었는데, 담임선생님의 코멘트를 보는 것도 일기 쓰기의 묘미 중 하나였다.

그러던 어느 날 나를 행복하게 했던 일기 쓰기가 불행한 일로 바뀌는 사건이 발생했다. 초등학교 4학년 때였다. 1년 동안 꾸준히 일기를 쓴 학생에게 상을 줬는데, 나는 그중에서도 최우수 일기상을 받았다(어른이 된 지금도 이해할 수 없는 '상' 중에 하나가 '일기상'이다). 거기까지는 좋았다. 그런데 왜 내 이야기와 생각들이 전교생에게 널리 알려져야 하며, 또 그것이 '타의 모범'이 된단 말인가. 내 일기 중 일부가 발췌되어 학교 문집에 허락도 없이 실리고, 담임선생님과 나만이 안다고 생각했던 비밀스러운 사건들이 전교생에게 공개됐다. 친구들은 내 이야기로 쑥덕댔고, 나는 더 이상 일기 쓰기에 대한 애착이 생기지 않았다. 그 일을 계기로 남들이 내 얘기를 하는 것 자체를 싫어하게 됐는지도 모르겠다.

이후 많은 문예대회에서 크고 작은 상을 휩쓸었지만 내 이야기를 진솔하게 써본 적은 단 한 번도 없었다. 주변에서 일어나는 일들을 단순히 썼을 뿐인데 상을 주는 것도 신기했다. 그렇다면 조금 더 과장해볼까, 조금 더 극적으로 묘사해볼까, 진실이 아니어도 아무도 모르지 않을까. 점점 오만해진 나는 거짓을 섞어가며 글을 쓰기도 했지만 여전히 내 글은 '타의 모범'이 되곤 했다. 그즈음 더는 글을 쓰고 싶은 마음이 생기지 않았고, 나는 다시 외로워졌다.

외로움은 사춘기 때 극에 달했다. 매 순간 외로운데도 그 외로움에 익숙해지지 않았다. 내 감정을 달래기 위해 닥치는 대로 책을 읽었다. 책 속의 인물들에게 빠져 있을 때는 현실을 잊을 수 있었다. 도서관에 있는 책을 다 읽어버리겠다는 포부로 세계문학부터 섭렵해나갔다. 그러다가 중학생에게 통과의례와도 같은 『안네의 일기』(안네 프랑크 지음, 홍경호 옮김, 문학사상사, 1995)를 만나게 되었다. 결론부터 말하자면, 이 책 덕분에 나는 다시 글을 쓸 수 있었다.

안네 프랑크는 열세 살(그 당시의 나와 같은 나이) 생일 때 선물로 받은 일기장에 일기를 쓰기 시작했다. 그녀는 자신의 일기장을 '키티'라고 부르며 편지 형식으로 힘들었던 시간들을 모두 쏟아낸다. 안네는 독일계 유대인임에도 불구하고 독일의 핍박으로 2년이나 숨어 살아야 했다. 밖에서는 매일 총성이 울렸고, 안네는 감옥과 같은 은신처에서 일기를 쓰면서 힘든 상황을 버틸 수 있었다.

> 드디어 문제의 핵심, 내가 왜 일기를 쓰기 시작했는가에 대해서 말할 차례인데, 그건 한마디로 마음을 털어놓을 만한 참다운 친구가 나에게는 없기 때문입니다. 좀 더 분명히 말하겠어요. 열세 살 먹은 여자아이가 스스로 이 세상에서 외톨이라고 느끼고 있다. 아니 실제로 외톨이라고 해도 아무도 믿지 않을 테니까요.
>
> – 『안네의 일기』

나는 이 글을 읽었을 때의 감정을 아직도 잊지 못한다. 그 당시 내가 느끼는 감정과 매우 비슷했기 때문이다. 물론 안네처럼 주변에 친구가 없진 않았지만 내 마음에 있는 것들을 털어놓을 '비밀' 친구가 없었다(앞에서도 언급했듯, 초등학교 일기장 사건 이후 나는 쉽게 내 마음을 털어놓을 수 없었다). 그때 우리는 무슨 비밀이 그렇게나 많았는지 '이건 비밀인데, 절대 말하지 마'로 시작하는 얘기들이 끝도 없었다. 덕분에 그 비밀이 어디서부터 새어 나갔는지 알아내기란 쉽지 않은 일이었다.

『안네의 일기』를 읽으면서 "종이는 인간보다 더 잘 참고 견딘다"라는 내용에 나는 몹시 공감했다. 그리고 안네처럼 일기장을 만들었다. 안네의 일기장이 '키티'라면 내 일기장은 '지수'였다. '지수'에게 내 마음을 털어놓기 시작하면서 나를 둘러싸고 있는 외로움이 조금씩 열어짐을 느꼈다. 고등학교를 졸업할 때까지 꼬박 6년 동안 '지수'에게 이야기하는 시간이 이어진 걸 보면 나는 누구보다 할 말이 많았던 아이였는지도 모른다. 이때쯤 내 꿈은 '소설가'가 되어 있었다.

국문학 대신 산업공학을 전공하다

그랬던 나에게 암흑과도 같은 시기가 찾아왔다. 대학 전공을 원래 계획했던 국문학과가 아닌 산업공학과로 선택한 것이다. 집안 사정이 어려웠기 때문에 어쩔 수 없는 선택이었다. 국문학과를 포기하고 한동안 괴로웠지만 당시 IT 경제가 호황이었기 때문에 취업을 생각하며 마음을 달랬다. 다행히 학과 공부에 적응하면서 컴퓨터 프로그램에도 흥미가 생겼다. 내 손에서 무언가 창조되는 기쁨에 어느덧 나는 밤을 새우는지도 모를 만큼 컴퓨터 프로그램의 세계에 빠져들고 있었다. 학과 공부하랴, 프로그램 만들랴, 과외 아르바이트까지 했던 그 시절이 내가 책과 글을 가장 멀리한 때였다.

당시 교수님의 증언에 따르면, 내가 손에 날개를 단 듯 프로그램을 개발했다고 했다. 고학년이 된 나는 우리 과에서 꽤 이름 있는 프로그래머가 되어 있었다. 그런데 이상하게도 또다시 '외로움'이 슬며시 내 안에서 고개를 들었다. 내 손끝에서는 새로운 것들이 개발되는데 마음은 텅 빈 것 같았다. '원래 내가 하려던 것은 이게 아니었는데'라는 생각이 불쑥불쑥 나를 밀치고 올라왔다.

다시 책과 글쓰기에 대한 열정이 솟구쳤다. '지금 바쁜 것만 끝내고 ○○ 작가의 새로 나온 책을 봐야지, ○○을 소재로 글을 써봐야지'라는 생각으로 버텼지만 현실은 쉽지 않았다. 책은 이동하면서 틈틈이, 잠이 오지 않는 밤에 꾸준히 읽을 수 있었지만 글은 쉬이 써지지 않았다. 내 손과 머리가 글 쓰는 것 대신 프로그래밍으로 장악된 기분이었다.

전공을 살려 취업을 한 뒤에는 더욱 여유가 없었다. 게다가 집안 형편이 어려워 취업을 한 뒤에도 아르바이트를 병행했다. 그러다 보니 집에 오면 매일 새벽 한두 시였다. 회사에서 프로그램을 만드는 일은 대학 때처럼 즐겁지도 않았다. '언젠가 내 노고를 알아주겠지'라며 시키는 일을 묵묵히 해내면 더 많은 일이 돌아왔다. 1년 365일, 쉬는 날 없이 출근했고 자정이 넘어 퇴근했다. 내 친구였던 컴퓨터 앞에서 눈물을 흘리던 날들이 쌓여가던 어느 날, 나는 회사를 그만두었다. 그때 내 나이 서른이었다.

이십 대 후반, 내 머릿속엔 최영미의 「서른, 잔치는 끝났다」라는 시가 자주 떠올랐다. 잔치가 끝나기 전에 진정 원하는 일을 해야 한다고 생각했다. 당시 내 나이 또래의 작가들이 하나 둘씩 등단하는 것을 보고 나는 왠지 모를 조바심까지 느꼈다.

일을 그만두고 도대체 뭘 할 거냐는 주변 사람들에게 나는 밑도 끝도 없이 소설을 쓸 거라고 했다. 그러자 그들은 왜 잘 나가는 일을 그만두고 '이상한' 일을 하려고 하느냐는 말부터 토해냈다. 그러면 나는 '잘하는 일'보다 '좋아하는 일'을 하고 싶다고 당당하게 말했다. 하지만 "그 하고 싶은 일이 진짜 직업이 됐을 때 지금처럼 눈물을 흘리게 되고 힘들어서 온몸이 아프면 그때는 또 어쩌냐?"는 말에는 대답하지 못했다.

막상 소설을 쓴다고 큰소리는 쳤지만 혼자서 글을 쓰는 일이란 정말이지 어렵고 힘든 일이었다. 처음에는 벌써 '작가'가 된 것처럼 즐거웠다. 주제도 소재도 없는 글을 마구 써내려갔다. '지금까지 내 안에 이렇게 많은 이야기가 있었구나' 하고 스스로 놀랄 정도였다. 주저 없이 써내려갈 때는 쾌감도 있었다. 하지만 그런 기쁨은 잠시뿐이었다. 내 글을 퇴고하기 위해 다시 읽어 내려갔을 때 나는 절망했다. 차마 내 눈으로 볼 수 없을 만큼 참혹한 수준이었다. 그동안 꾸준히 독서를 한 덕분에 '읽는' 수준은 높은데 '쓰는' 수준은 바닥이었던 것이다. 내 손끝에서 나오는 글들은 중고등학교 일기를 쓰는 수준 그 이상도 이하도 아니었다.

어렵사리 회사까지 나왔는데 이대로 포기할 수는 없다는 심정으로 이를 악물고 글을 썼다. 그러다가도 퇴고하기 위해 내 글을 다시 볼 때면 어지럽고 속이 메슥거렸다. 누가 대신 읽어줬으면 좋겠다는 생각이 들면서도, 이런 수준 낮은 글을 지인들에게 보여준다면 실망할 게 틀림없다고 생각했다.

내가 쓴 글을 읽고, 다시 쓰기를 반복하면서 어느 순간 내가 소설을 쓰고자 했던 목적이 무엇이었는지조차 잊었다. 내 이야기를 쓰고픈 건지, 아니면 누군가에게 위로가 되고 치유가 되는 글을 쓰고 싶은지. 무엇보다 가장 힘들었던 건 그토록 쓰고 싶어 하는 글을 쓰고 있는데도 계속 밀려드는 외로움이었다. 홀로 글을 쓰는 일, 특히 퇴고하는 일은 세상에서 가장 어렵고 힘들었다. 프로그램을 몇 번 다시 짜는 일보다 천 배는 더 힘들었다. 1년의 노력 끝에 내 자식과도 같은 글들을 신춘문예에 제출했지만 보기 좋게 탈락했고, 다시 IT 세계로 고개 숙여 돌아왔다.

칭찬과 격려의 글쓰기 모임

IT 프리랜서(회사로는 다시 돌아가고 싶지 않았다)로 일을 하면서 글을 쓰는 일은 어려웠다. '이번 프로젝트만 끝나면 이러이러한 글을 써봐야지'라는 마음을 몇 번 먹었을 뿐인데 시간은 껑충껑충 뜀뛰기 하듯 지나가고 있었다. 더 늦기 전에 글을 써야 한다는 심리적 압박에 시달렸다.

짧은 시간이라도 글을 쓰는 동안에는 행복하고 외롭지 않았다. 내가 만든 인물이 나를 위로했다. 다만 내 글을 마주할 용기가 더 필요했다. 글을 쓰는 것도 순수한 '노동'의 일부라며 많이 쓸수록 실력이 는다는 말을 들었을 무렵, '함께' 소설 쓰는 모임을 알게 됐다. 이른바 '작가 모임'이었다.

각자 써 온 창작 글을 읽으며 어색했던 첫 모임의 기억이 아직도 생생하다. 드라마 작가 경험이 있었던 리더 선생님은 우리 모임의 핵심은 '칭찬'이라고 했다. 서로 부족한 점을 비판만 하다 보면 상처만 남고 결국엔 그 모임이 지속될 수 없다고 말이다. 우리 모임은 처음 일 년간 무조건 상대의 글을 칭찬하고 격려하며 진행됐다. 덕분에 서로에 대한 신뢰를 쌓았고 상처를 주지 않는 선에서 조언하는 모임으로 발전했다.

나는 그들의 칭찬과 함께 내 글을 마주할 수 있는 용기가 생겼다. 퇴고를 해도 예전처럼 힘들지 않았다. 여러 번 퇴고하면서 더 나아지는 글들을 보며 외로움도 자연스레 치유되었다.

심지어 수준 낮은 내 글을 세심하게 읽어주는 사람이 있고 나아가 좋아해준다는 사실에 행복했다. 우리는 아직 꿈꾸어도 된다고, 늦지 않았다고, 충분히 더 잘 쓸 수 있다고, 반드시 작가가 될 수 있을 거라고 서로에게 용기를 주었다.

만약 내가 작가가 된다면, 그래서 내가 글로 먹고 사는 날이 온다면 그것은 분명 최초의 내 독자들이자 지금 '함께' 쓰는 예비 작가들 덕분이라고 말할 것이다. 그리고 지금 글을 쓰고 있다면 모두가 이미 '작가'라고, 우리는 꿈을 이룬 것과 다름없다고 말하고 싶다. 그리고 나는 앞으로도 글 쓰는 사람으로 살아갈 것이다.

우부경 소설가를 꿈꾸는 IT 프리랜서. 이성과 감성 사이에서 항상 감성의 손을 드는 문학 옹호주의자다. 비석에 새길 이름 석 자 앞에 '소설가'를 꼭 넣기를 소망한다. 사람이 아니라 문학에서 위로를 받았듯 치유와 공감이 되는 소설을 쓰기를 열망한다. 숭례문학당 독서토론 리더로 활동하며 '소설가의 꿈' '새벽, 읽거나 쓰거나' '하루키 전작 읽기' '2주 원고지 30매 쓰기' 모임을 운영하고 있다.

서른 살 청년,
쓰는 삶을 선택하다

김수환

나에겐 한국 사회에서 알아줄 만한 자격증이나 스펙이 없다. 학력으로 따지면 자퇴생에 불과하고, 사회의 위치로 보자면 백수다. 남들이 보기에 이해가 안 되는 부분이 많을 것이다. 나이가 서른이 되면 취업을 위해 스펙을 쌓고, 서둘러 직장을 얻는 게 당연하기 때문이다. '무언가 시작하기에 늦은 게 아닐까'라는 생각은 그 시기에 누구나 할 수 있는 고민이다. 다만, 선택의 차이가 있을 뿐이다.

2010년 어느 여름날, 오디션 프로그램에 겁 없이 도전한 많은 사람의 웃음과 만족감을 보면서 생각했다. "왜 나한테는 저런 열정이 없을까?"라고 말이다. 내 처지에 대해 고민했고, 선택지는 두 가지로 좁혀졌다. 하나는 남들처럼 경쟁에 뛰어드는 것이고, 다른 하나는 좋아하는 일을 찾아보는 것이었다. 나는 후자를 선택했다. 경쟁을 하면서 불안해하기보다 좋아하는 걸 찾으면서 불안해하기로. 어차피 불안한 건 매한가지였기 때문이다.

인간은 결국 책을 읽어야 한다

나 역시 꿈을 목표로 혹은 취업을 목표로 쉼 없이 달리는 한국의 청년들 중 한 사람이었다. 어느 날 문득 "내가 잘하고 있는 게 맞을까?" 하는 생각이 들었고, 이후 모든 것이 초조했다. '돈', '시간', '학벌', '취업'이라는 미래에 대한 불안감과 두려움을 상징하는 단어들만 머릿속에 맴돌았고, 결국 공허한 마음만 남았다.

그러던 중 생각도 정리할 겸 문화센터에서 글쓰기 수업을 듣게 됐다. "글쓰기는 자신을 알아가는 하나의 수단"이라는 강사의 말이 인상적이었다. 무엇보다 나의 내면에 어떤 생각이 숨어 있는지 궁금했다. 작가 고종석의 말처럼 "마음속에 뭔가가 있는데 이걸 표현한다"는 욕구에서 내 글쓰기는 출발했다. 머릿속에 떠도는 생각을 글로 적었을 때 묘한 감정이 뿜어져 나왔다. 글쓰기로 해방감을 맛보는 순간이었다. 무언가에 이끌렸는지 몰라도 그때부터 글쓰기로 할 수 있는 거라면 뭐든 했다. 첫 글쓰기는 이렇게 시작됐다.

다치바나 다카시는 독서론, 독서술, 논픽션 명저들로 국내에서도 유명한 탐사 저널리스트다. 기자로 활동하다 자신의 지적 욕구를 충족하기 위해 퇴사하고 평론 활동을 시작했다. 그는 "현대인에게는 '지의 전체상'을 조망하는 능력이 필요하고, 이는 제대로 된 지성 단련과 교양교육을 통해서만 가능하다"(네이버 해외저자사전)고 주장하는 일본 사회의 대표적인 지성인이다.

그는 비전문가도 전문가 못지않은 지식을 가질 수 있다는 것을 알려줬다. 전문가 역시 오류를 범할 수 있으며 그 오류를 짚어낼 수 있는 것은 전문가 못지않은 비전문가라는 사실은 나에게 신선한 충격이었다. 그는 책을 만인의 대학으로 생각했다. 대학을 졸업하고 나서도 무언가를 배우려고 한다면 인간은 결국 책을 읽어야 한다는 게 그의 주장이었다. 그는 평생 책이라는 대학을 계속 다니지 않는다면 아무것도 배울 수 없디고 이야기하며 몸소 실천했다 20만 권의 책을 보유한 서재 안에서 배움의 끈을 놓지 않는 그의 고독한 공부론은 현대사회에서 진정한 배움이란 무엇인지 되묻고 있었다.

읽기는 평생에 걸쳐 쌓아놓은 작가의 지식과 노력을 책 한 권으로 훔칠 수 있는 간접 경험이다. 값으로 매길 수 없는 가치가 책에 있는 것이다. 『읽는 인간』(정수윤 옮김, 위즈덤하우스, 2015)을 쓴 소설가 오에 겐자부로는 "읽는 태도에 따라 작품을 쓴 작가보다 더 많은 정보와 내공을 얻을 수 있다"고 말했다. 나는 독서란 죽어 있는 지식이 살아 있는 지식으로 재탄생하는 것이며, 책으로 평생의 스승을 만날 수 있음을 주장하고 싶다. 독서는 작가가 열어놓은 수많은 길 속에서 나만의 길을 찾기도 하고 그 길을 따라갈 수도 있다. 작가와 독자가 시대를 초월해 교감할 수 있다는 게 책의 매력이 아닐까. 책은 평생 공부하는 학생이 되라고 유혹하고 있었고, 나는 그 유혹에 빠져버렸다.

『유시민의 글쓰기 특강』(생각의길, 2015)에서 저자 유시민은 "책을 많이 읽어도 글을 잘 쓰지 못할 수는 있다. 그러나 많이 읽지 않고도 잘 쓰는 것은 불가능하다"라고 말했다. 필력과 독해력이 부족한 나에게 딱 들어맞는 이야기였다. 나는 닥치는 대로 책을 읽어나가면서 책에 수많은 포스트잇을 붙였다. 그리고 그것을 내 방식대로 분류했다. 예를 들면 책에서 한 번쯤 생각해볼 만한 거리를 따로 선정해 글감으로 옮겼다.

내가 모르는 배경지식을 키워드별로 기록하기도 했다. 저자가 주장의 근거로 사용하는 책들은 도서목록을 만들어 읽어나갔다. 반면, 예술 영화와 문학을 중심으로 한 현장 강의는 녹취했다. 문학평론가 신형철과 소설가 김영하의 팟캐스트를 들으며 문학의 배경지식을 쌓았다. 영화평론가 정성일의 영화 GV(감독과의 대화)를 따라다니며 영화 비평의 노하우를 익히기도 했다.

나는 기록하면서 지겨워하기보다 『나는 이런 책을 읽어왔다』(이언숙 옮김, 청어람미디어, 2001)의 저자 다치바나 다카시의 말처럼 "좀 더 자세히 알고 싶다"는 욕구가 강해졌다. 그 결과, 2년 9개월간 내가 블로그에 올린 글은 1,300개가 넘는다. 분야도 다양하다. 글쓰기 실력을 향상하고 싶어 만든 필사 작문, 이론과 문장 기술들, 글의 구조를 익히고 싶어 시작한 칼럼 요약, 다양한 분야의 전작 읽기 등 한마디로 말해 블로그는 '내 머릿속의 서재'이자 수많은 책과 문장이 기록된 호기심의 창고다.

함께 쓰는 글쓰기의 힘

2014년 8월부터 2017년 5월까지 2년 9개월 동안 글을 쓰며 시간을 보냈다. 좋아하는 일을 가장 오래 지속한 기간이기도 하다. "내가 잘하고 있는 게 맞을까?"라는 질문을 다시금 나에게 했던 것 같다. 그러나 공허한 감정은 찾아볼 수 없었다. 이번만큼은 혼자가 아니었다. 글쓰기를 배우는 내내 옆에는 항상 '함께 공부하는 동료들'이 있었다. 나는 다양한 연령대와 함께 공부했다. 대개 다섯 살 이상 차이가 났고, 많게는 부모님 연세와 같은 분도 있었다. 그들과 끊임없이 글쓰기와 독서토론을 해왔다. 또래와 공부하는 것과 가장 큰 차이가 있다면 바로 다양한 연령대의 사람들로부터 '경험'을 배운다는 것이다.

나는 이들에게 열정, 집요함, 삶의 태도를 배울 수 있었다. 그들은 언론 매체에 기고하는 글도 아닌데 집요하게 써왔다. 6~8시간 생각하는 것은 기본이고, 어떤 식으로 쓸지 계속해서 글의 구조를 짜냈으며, 여러 번 퇴고하는 수고로움도 마다하지 않았다. 이유는 간단했다. 그들이 원해서 시작한 일이기 때문이다. 억지로 하는 것과는 당연히 비교할 수 없었다. 나는 이들과 함께 배우며 성장할 수 있었다. 혼자 했다면 결코 얻어낼 수 없는 귀중한 경험이며, 계속해서 글을 쓸 수 있는 원동력이 되었다.

나는 2015년에 31명 중 한 명으로 책 출간의 기회를 얻었다. 죽음과 애도에 관한 이야기를 담은 『당신은 가고 나는 여기』(어른의시간, 2015)에 위암으로 돌아가신 이모 이야기를 써서 공저자로 합류할 수 있었다. 그저 운이 좋았다. 하지만 원고지 30매라는 분량은 글쓰기 초보자인 나에게 버거운 일이었다. 짜임새 있는 글을 쓸 수 없을뿐더러 자기 검열 때문에 글이 앞으로 나아갈 기미가 보이지 않았다. 마감일이 하루하루 다가올수록 초조해졌다. 여러 번 밤을 새고 나서야 겨우 분량을 채

울 수 있었다. 내가 인생에서 쓴 가장 긴 글이었고 책을 출간하게 된 첫 경험이었다.

몇 달 후, 책이 나왔다는 소식에 나는 대형 서점으로 향했고 책을 펼쳤다. 내 이름을 목차에서 보는 것만으로 신기하고 기뻤다. 그러나 내 글을 읽으면서 다소 충격을 받았다. 전체적인 글감의 뼈대는 살아 있지만 편집자의 손을 거치면서 서술어, 글의 리듬, 가독성이 훨씬 좋아졌다는 걸 확인할 수 있었다. 그때 내가 느낀 것은 어설픈 글에 대한 회의감이었다.

한 가지는 분명했다. 나는 준비된 필자가 아닌 운 좋은 필자였다. 그 사실은 절대 변하지 않았고, 어느 정도 인정해야 하는 부분으로 남았다. 이 경험으로 글쓰기는 오로지 실력으로 평가받는 전문 분야이며 누군가와 함께하면 즐거움이 배가 된다는 것을 깨달았다. 그리고 이때 처음으로 정말 잘 쓴 글로 독자와 소통하고 싶다는 생각이 들었다.

실력이 턱없이 부족했고, 글 쓰는 습관도 잡혀 있지 않았다. 그것을 보완하기 위해 내가 할 수 있는 일은 노력뿐이었다. '100일 글쓰기', '영화 리뷰', '서평 쓰기', '독서토론' 등 다양한 학습 모임을 시작했다. 그리고 전문적인 글을 쓰고 싶어 소설 쓰기, 영화 비평, 서평 등에 관한 강좌를 들었다. 얼마만큼 꾸준히 하느냐가 가장 큰 문제였다.

아직 습관이 잡히지 않은 탓인지 허우적대기 바빴다. 질보다 양으로 계속해서 쓸 뿐이었다. 하나만 계속 붙잡고 있다가 다른 것을 망치기도 하고, 여러 개를 붙잡고 있다가 전부 망치는 경우도 있었다. 쓰면 쓸수록 좌절감만 남았다. 그러나 나는 이것이 글쓰기의 가장 큰 매력이라고 생각한다. 어지간히 해서는 실력이 늘지 않기 때문에 글쓰기는 "아직이야. 좀 더 해봐. 거의 다 왔어"라고 속삭이듯 나에게 계속해서 노력을 요구하고 있다.

서른 살이 된 지금, 글쓰기는 내 삶의 일부가 되었다. 그러나 글을 쓰는 행위는 나에게 굉장히 모순적이다. 어렸을 때부터 나는 가만히 앉아서 무언가를 하는 것을 견디지 못했다. 그러다 보니 읽고 쓰는 즐거움에서 자연스레 멀어졌다. 어린 시절 책 읽는 형을 보며 "재미없는 책을 뭐가 좋다고 저렇게 읽어"라고 속으로 생각할 정도였다. 그만큼 밖에 나가 노는 것을 좋아했다. 글을 쓰거나 책을 읽는 내 모습을 상상하기 어려운 이유도 이 때문이다. 쓰기와 읽기의 경험은 일기와 만화책이 전부였다. 필력과 독서력이 성인 수준에 미치지도 못한 내가 좋아하는 일을 찾기 위해 4~5년을 헤맨 결과가 글쓰기와 책이라는 사실이 당혹스러울 뿐이었다.

나는 혼란스러운 상황에서 쓰기와 읽기에 대해 한 가지는 확실히 말할 수 있을 듯하다. 글쓰기와 책의 매력에 흠뻑 빠져 있음을 말이다. 쓰기에서는 소통하고 싶은 욕구, 읽기에서는 질리지 않는 지적 호기심을 느끼고 있다. 당연히 '왜'라는 질문을 할 수밖에 없다.

읽고 쓰면서 그때만큼은 작가가 되고, 사색을 즐기는 사람이 된다. 지금은 그 즐거움을 만끽하고 있다. 소설가 마루야마 겐지는 『소설가의 각오』(김난주 옮김, 문학동네, 1999)에서 "어떤 경험이 어떤 식으로 도움이 되었는지는 모른다. 그것이 인생의 재미다"라고 말한 바 있다. 나는 그의 말에 전적으로 동의한다. 일기밖에 쓸 줄 몰랐고 만화책만 읽던 내가 쓰기와 읽기에 매혹됐다는 사실 자체가 내 인생의 가장 재미있는 일이지 않은가. 누군가 재능이 없다고 아무리 뜯어말려도 스스로 포기하지 않는 한 계속 글을 쓸 참이다. 쓰기의 세계에 이미 빠져버린 신세를 한탄하며.

김수환 20대 초반부터 정말 좋아하는 일이 무엇일까 고민하며 7년 동안 헤맨 결과가 '글쓰기와 책'이라는 사실에 놀라면서 어느덧 서른 살이 되어버린 청년이자 독서토론 강사. 문학·영화 비평가와 에세이스트를 꿈꾸며 숭례문학당 동료들과 글쓰기와 책 관련 모임을 가지며 내공을 쌓고 있다.

어쨌든 써야 한다. 행복해지려면

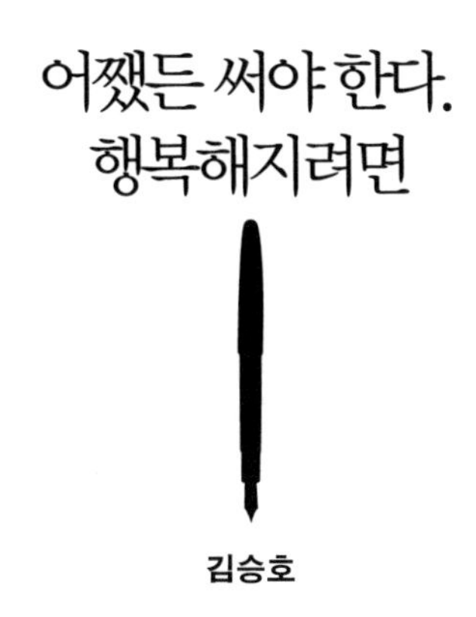

김승호

마흔 살이 넘어갈 무렵, 극심한 우울증에 빠졌다. 이대로 인생이 끝나버릴 것 같은 암울한 느낌과 무한 반복되는 직장 생활은 나를 점점 무기력하게 만들었다. 회사 정문을 들어설 때마다 견고한 오동나무 관 뚜껑이 덜컹 열리고 그 속으로 들어가는 기분이었다. 숨이 막혔다.

지인들은 "조금씩 차이는 있지만, 다들 그런 거니까 별거 아니야"라고 했다. 취미생활을 하며 위기에서 벗어나라는 조언도 들었다. 우울한 기분에서 벗어나려고 골프, 등산, 여행, 술 마시기 등에도 몰두해보았지만 기분은 바뀌지 않았다. '내가 소심해서 그런가'라며 자책하기도 했다.

우울한 40대의 어느 날, 글쓰기와 만나다

나는 우연히 신문사 문화센터에서 운영하는 글쓰기 입문 강좌를 듣게 되었다. 마침 집 근처 도서관에서 조금씩 책을 읽으면서 글쓰기에 대한 호기심이 막 생기기 시작한 때였다. 독서에 대처하는 나의 자세는 '무조건 읽기'였다. 좋아하는 야구, 유럽 문화, 음악에 관한 책이나 신변잡기 에세이 등을 읽으며 우울한 40대의 시간들을 버티고 있었다.

글쓰기 강좌는 새롭고 흥미로운 체험이었다. 금융기관에서 일하며 메마른 생각에 익숙해 있던 나를 설레게 했다. 내 안에 숨어 있던 뜨거운 무언가가 활활 타오르는 것을 느꼈다. 강좌가 끝난 후 강사의 소개로 '서평 쓰기' 모임에도 참여하게 되었다. 50여 명의 남녀(나 같은 중년 남자가 그곳에 있다는 데에도 놀랐다)가 각자 써온 서평을 뷔페 음식처럼 소복이 쌓아 놓은 후, 읽고 평하는 자리였다.

모임에 참여하면서 금요일 저녁 지인들과 술잔을 기울이며 노예와 다를 바 없는 신세를 한탄하거나, 거실 소파에서 TV 채널을 돌려가며 보냈던 소모적인 시간이 생산적 시간으로 바뀌었다. 매달 한 권의 책을 읽고 서평을 쓴 후 모여서 토론하고, 서평을 낭독하니 시간 가는 줄 몰랐다. 내가 쓴 서평을 무한 격려해주는 긍정적 분위기에 나는 고무되었고, 글쓰기에 대한 즐거움을 느꼈다.

영화 리뷰 모임도 알게 되었다. 매월 한 편의 영화를 본 후 리뷰를 써서 그 작품에 대한 느낌을 토론하고 공유하는 모임이었다. 그 모임을 이끄는 분이 공저로 쓴 책에 나의 인터뷰가 실리기도 했다.

> 모임을 통해서 영화가 종합예술이라는 걸 다시 한번 깨달았어요. 독서토론과는 또 다른 매력이 있어요. 미술관에 가서 큐레이터의 설명을 들으며 미술 작품을 더 깊게 이해하듯이 다른 분들의 리뷰를 통해 영화를 더 잘 이해할 수 있었어요.
>
> – 『이젠, 함께 쓰기다』, 김민영 등 지음, 북바이북, 2016

나는 매월 한 편의 책과 영화에 대한 느낌을 써내려갔다. 괴물처럼 기괴했던 초기의 글들은 읽을 수 있을 정도로 정제되기 시작했다. 처음 글을 쓰려 할 때 아무것도 생각이 나지 않아 스스로 한심해하던 순간들이 기억난다. 한 편의 서평과 영화 리뷰를 완성한 순간의 희열은 매번 나를 일깨워주었다. 글을 쓰기 시작하면서 끊임없이 나를 괴롭혔던 40대 남자의 우울증과 술에 의지하며 보냈던 현실 도피적인 삶은 조금씩 사라져갔다.

글을 쓰기 시작하면서 나는 열린 눈과 귀로 세상을 밝은 모습으로 바라보기 시작했다. 더 이상 스스로 옥죄며 살지 않게 된 것이다. 그리고 내가 보고 듣고 느낀 모든 것에 대해 장르를 가리지 않고 글로 써내려가기 시작했다.

1. 프로야구 관전평 쓰기

중학교 2학년이었던 1982년 봄에 프로야구가 시작되었다. 어려서부터 몸이 약했던 나는 '움직이는 종합병동'이라고 불렸다. 더불어 내성적인 성격에 친구들과 잘 어울리지 못하고 집에만 있기 일쑤였다. 그런 나를 유일하게 흥분시킨 것은 라디오에서 흘러나오던 고교야구 중계에서 선수들의 플레이 하나하나를 마치 신들린 것처럼 설명하던 해설자의 음성이었다. 나는 서울 팀이란 이유로 MBC청룡(지금은 LG트윈스라는 이름으로 바뀌었다)의 경기를 보면서 열광했다.

글쓰기에 조금씩 재미를 느끼게 되면서 바둑 복기하듯 관람했던 야구경기의 관전평을 남기고 싶은 욕구가 생겼다. 2016년에는 LG트윈스가 치렀던 정규시즌 144경기 중 승리한 71경기의 관전평을 경기가 끝난 다음 날 새벽에 일어나 써내려갔다. 그리고 LG트윈스 구단 홈페이지 자유게시판에 올렸다. 조회 수가 올라가고, "실감나게 읽었다"는 댓글들이 달렸다. 마치 팀의 감독이나 전력분석원이 된 느낌이었다. 사람들이 내 글을 읽고 공감하는 것도 좋았지만 스스로 쓰고 읽으며 행복한 감정이 차올랐다.

2. 음악 편지 쓰기

80년대를 관통하던 당시, 10대였던 나는 팝송 마니아였다. 빌보드 싱글 차트를 1위부터 100위까지 달달 외우고 다닐 정도로 관심이 많았다. 이러한 이야기를 들은 동호회 운영자는 예전에 들었거나 또는 요즘에 듣는 팝송과 간단한 이야기를 매일 게시판에 올리면 어떻겠냐고 제안했다. 내가 잘할 수 있을지 두렵기도 했지만 음악에 대한 글을 쓰면서 잊고 있었던 추억을 다시 떠올리고 싶어 선뜻 응했다.

그 후 매일 새벽에 일어나 좋아하는 팝송의 유튜브 동영상과 함께 곡의 소개, 짤막한 느낌 등을 써서 밴드 게시판에 올리고 있다. 때때로 곡이 잘 떠오르지 않을 때도 있다. 인터넷을 검색해 곡에 대한 정보와 느낌을 복원하는 것이 까다롭게 느껴질 때도 있다. 하지만 매일 글을 쓸 때마다 느끼는 희열감은 이 모든 것을 상쇄시킨다. 내가 한때 좋아했던, 그리고 요즘 듣고 있는 팝송의 느낌을 읽어가는 기분이 좋다. 누구에게 보여주는 것도 좋지만 스스로 만족하는 순간이 소중하다.

3. 서평 쓰기

매달 한 권씩 책을 읽고 서평을 쓰는 독서토론 모임에 나가면서 독서 습관에 많은 변화가 생겼다. 그 전에는 책을 읽다가 흥미를 느끼지 못하면 건너뛰기도 하고, 그냥 덮어버리기 일쑤였다. 책에 대한 편식 증상도 심했다. 그러나 독서토론 모임을 시작한 후부터 매월 한 권씩 정해진 책을 정독해서 생선 가시 발라내듯 분해하는 습관이 생겼다. 꼼꼼히 발췌문을 뽑고 서평을 쓴다. 인상 깊었던 구절은 포스트잇에 적어 붙여놓고 곱씹었다.

책 읽는 습관의 변화를 실감할 수 있었다. 전혀 예상치 못했던 긍정적 변화였다. 읽은 책들이 비로소 마음속으로 하나둘씩 들어오기 시작했다. 책은 많이 읽는 것보다 사유하면서 정독하는 것이 중요하다는 진리를 깨닫게 되었다.

4. 영화 리뷰 쓰기

영화 관람은 고등학교와 대학교 시절 가장 좋아하던 취미 생활이었다. 하지만 직장 생활에 짓눌리기 시작하면서 영화에 대한 흥미가 반감되었다. 영화의 내용이 남의 일처럼 느껴지는 생경한 기분이었다. 고단한 현실과 이상의 간극이 영화를 보면서 좁혀지지 않는다는 생각 때문이기도 했다. 그렇게 직장 생활은 나를 황폐하게 만들었다.

영화토론 모임에 나가면서 영화 리뷰를 쓰는 습관이 생겼고, 영화를 좀 더 입체적이고 분석적으로 보게 되었다. 단순히 킬링타임용으로 인식했던 영화에 대한 시각이 진지해진 것이다. 영화 리뷰를 작성할 때마다 영화에 대한 경외감이 솟아났고, 영화에 대한 애정도 다시 살아났다. 영화를 본 후 백지에 리뷰를 채워나가는 시간들, 여전히 두렵고 막막하지만 즐거운 순간이다.

오늘도 글을 쓴다

글쓰기를 시작한 후의 나는 이전과는 분명 다른 모습이었다. 오랜만에 만난 지인들은 이렇게 묻곤 한다. "표정이 밝아졌네요. 무슨 좋은 일이 있었나요?" 물론이다. 누가 보면 로또라도 당첨된 거 아니냐고 생각할 수도 있겠다. 여전히 직장을 다니며 고단한 일상을 이어나가고, 주변 환경은 달라지지 않았다. 변한 것은 나 자신이었다. 매일 글을 써나가면서 머릿속에 가득 차 있던 분노와 우울, 자괴감이 눈 녹듯 사라져갔다. 글을 쓰기 전에는 상상할 수 없던 일이었다.

아직 글쓰기는 초보자 수준에 머물러 있지만 조급하게 생각하지 않는다. 누군가 읽어주거나 큰 박수를 보내주지 않아도, 인정해주지 않더라도 괜찮다. 내가 쓴 글들로 스스로 치유받고 자존감을 높일 수 있다면 그것만으로도 충분히 의미 있는 일이 아닐까?

마흔이 넘어갈 무렵 시작된 우울증은 글을 쓰기 전에는 극단으로 치달았었다. 병원에서 처방해준 항우울증약을 복용하며 이겨내려 했지만 깊은 늪에 발이 빠진 것처럼 점점 침잠해 들어갔다. 왜 그랬을까? 결론은 하나였다. "나를 찾지 못했기 때문이다." 나를 찾는 방법에는 여러 가지가 있겠지만 내게는 글을 쓰는 것이었다.

나는 글을 쓰면서 비로소 행복해졌다. 작가가 되려는 것도, 멋지게 글을 써서 누군가에게 감동을 주는 것도 최종 목표는 아니다. 그저 나를 이해하고 싶다. 그리고 나를 찾기 위해서 오늘도 글을 쓴다.

김승호 금융회사에서 반복되는 직장생활에 지친 40대 후반의 남자가 '글쓰기' 강좌에서 우연히 숭례문학당을 알게 된 후 꺼져가던 마음에 불씨가 되살아났다. 이후 골프채와 술을 멀리하고, 독서·글쓰기·독서토론을 가까이하며 주경야독하고 있다. 인생 후반기 레이스에는 전방위 '독서운동가'로 변신하겠다는 꿈을 꾸며 하루하루를 유쾌하게 살고 있다.

닥치고 쓰기

이승은

“말하는 건 변호사다, 변호사.” 어렸을 때 어머니로부터 자주 들은 말이었다. 변호사가 뭘 하는 사람인지는 몰랐지만 내가 말을 잘한다는 뜻이라는 건 짐작할 수 있었다. 나 자신을 자랑하려고 어렸을 때부터 말 잘한다는 칭찬을 듣곤 했다고 말하는 것은 아니다. 곰도 구르는 재주가 있다고 누구나 하나쯤은 타고난 소질이 있듯이 나의 경우에는 ‘말’이 그랬다는 의미다.

말하는 걸 좋아하고 즐기다 보니 글쓰기와는 별로 친해질 수 없었다. 나에게 글을 쓴다는 것은 시간이 오래 걸리고 손등이 뻐근해지는 육체적 고통까지 감수하지만 결과물은 신통치 않은 행위였다. 뜻이 잘 통하도록 쓰는 것도 어려웠지만 내가 쓴 글을 다시 읽어보면 늘 부족함이 느껴졌다. 반면에 말로 하는 대화는 사람과 분위기에 따라 순발력 있게 수위를 조절할 수도 있고, 도중에 내용을 추가하거나 뺄 수도 있어서 효율적이었다. 특히 이야기를 듣는 상대방과 즉석에서 나누는 공감은 말하기만이 가지는 아주 달콤한 보상이다. 그래서 나는 어떤 경우든지 말로 표현하는 쪽을 선호했다.

문제는 말하기로만 내 생각을 표현하면 내 입에서 나온 말들이 손가락 사이로 빠져나가는 모래처럼 허무하게 사라져버릴 때가 많다는 것이다. 말하는 과정에서 수정하거나 정리한 생각을 기록하지 않으면 저절로 잊혔다.

또 좋은 아이디어가 떠올라 머릿속으로 정리해 놓았더라도 기억이 나지 않으니 다시 원점에서 생각해야 할 때가 많았다. 그럴 때마다 말은 연기 같다는 생각이 들었다. 말은 즉흥적이라서 예상치 못한 좋은 말이 만들어질 때도 많지만 무르익지 않은 생각이 말로 드러나는 바람에 남몰래 부끄러워했던 적도 많았다. 구구절절 설명하느라 말이 길어질 때는 좀 더 간결하고 깊이 있게 압축해서 표현하고 싶었다.

글쓰기에 대한 좌절을 맛보다

손으로 쓰든 모니터 앞에서 자판을 두드리든 글쓰기는 항상 생각보다 많은 시간이 걸리는 행위였다. 생각을 말로 표현할 때는 꼭 정리된 순서에 따라 말하지 않아도 이해가 되지만, 글쓰기는 여러 차례 정리하고 배열하는 작업을 거쳐야 하니 쓰다가 지칠 때가 많았다. 링에 올랐다가 주먹도 제대로 뻗어보지도 못하고 패배한 권투 선수의 심정이 그럴 것 같다.

말하기는 누가 시키지 않아도 끊임없이 연습할 수밖에 없는 능력이다. 생존을 위해, 아니면 원하는 것을 얻기 위해서는 말을 하지 않을 수 없기 때문이다. 하지만 인내심을 가지고 숫돌에 정성껏 갈아야 잘 드는 칼을 쓸 수 있는 것처럼 글쓰기도 끊임없는 연습을 거쳐야 비로소 좋은 도구가 된다는 것을 나는 몰랐다.

사실 따지고 보면 말하기를 연습한 시간에 비하면 글쓰기를 연습한 시간은 얼마나 적은가. 게다가 말하기는 표정과 제스처라는 보조 수단까지 필요에 따라 동원할 수 있기 때문에 효과를 높이기가 훨씬 쉽다. 그러나 글을 쓸 때는 그 정도로 효과적인 보조 수단은 별로 없다. 무엇을 말하고 싶은지에 대한 명확한 인식과 논리적 구성, 그에 맞는 단어 선택과 효율적인 배치, 호소력 있는 표현을 적절하게 갖추어야만 좋은 글이 될 수 있다.

마음만 먹으면 매끄러운 문장이 국수 가락처럼 뽑혀 나올 거라고 기대했다가 기대에 못 미치면 쉽게 포기했기 때문에 나의 글쓰기는 늘 답보 상태였다. 그러다 우연히 번역을 맡게 되었고, 첫 번역 일을 하면서 큰 좌절감을 맛봤다.

번역을 의뢰받은 책은 내용과 문체가 쉽고 간결한 편이어서 번역 작업은 별 어려움이 없이 진행되었다. 그런데 출판사에 보낸 번역 초고 교정본을 받았을 때 내 눈을 의심하지 않을 수가 없었다. 분명 하얀 종이에 까만 글씨를 인쇄해서 보냈건만 돌려받은 종이는 까만 글자가 보이지 않을 정도로 빨갛게 표시되어 있었다. 한 문장도 온전한 게 없었다.

출판사 편집자는 독일어를 알지 못했기 때문에 내용을 수정한 것은 아니었다. 문제는 내가 만들어낸 한국어 문장이었다. 쓸데없는 조사와 부사가 난무하고 주어와 서술어가 제대로 호응이 안 되는 문장투성이였던 것이다. 수정해준 대로 고쳤더니 분량이 원고지 30매 이상 줄어들었다.

솔직히 처음엔 화가 났다. 그 빨간 글씨들과 교정 부호들이 나를 막 비난하는 것 같았다. "이거 틀렸어요. 이것도. 또 이것도. 아니, 이건 왜 이렇게 썼어요? 아, 또? 에휴, 한국말 몰라요? 이걸 글이라고 썼어요?" 빨간 글씨들이 경고음을 울리며 나를 마구 꾸짖는 것 같았다.

편집자도 원망스러웠다. 너무 사소한 것까지 트집을 잡는다는 생각까지 들면서 나의 노고를 조금도 인정받지 못한 것 같다는 괜한 억울함에 울분이 솟구쳤다. 하지만 마음을 다잡고 찬찬히 읽어 보니 한국말이라고 할 수 없는 번역체와 쓸데없는 군더더기가 너무 많다는 것을 인정하지 않을 수가 없었다. 한없이 부끄러울 뿐이었다. 출판사를 찾아가서 석고대죄라도 해야 할 판이었다. 내 글을 보고 얼마나 기가 막혔을까. 이러고도 번역가라고. 지금도 그때를 떠올리면 얼굴이 화끈화끈 달아오른다.

그 편집자는 두 번이나 더 내 글을 대대적으로 고쳐줬다. 쓸데없이 사용된 부스러기들을 떨어내고 난 후엔 문장이 매끄럽게 읽히도록 다듬는 작업이 필요했기 때문이다.

번역 작업도 지연된 데다가 번역문을 교정하고 다듬는 데 예상보다 시간이 오래 걸리자 출판사 사장님은 울상이었다. 소규모 출판사라 많은 책을 기획하지 않으므로 내가 맡은 책의 번역 작업이 지연됨에 따라 회사 전체의 업무에 차질이 생겼다고 했다. 민폐라는 말이 무슨 뜻인지 난 그때 정확하게 이해했다. 그동안 가지고 있던 허황된 자신감이 한꺼번에 다 무너졌다. 나중에 출판된 책을 받아 들고 다시 읽어 보니 모든 공은 그 출판사 편집자에게 돌려야겠다는 생각이 들었다.

함께 쓰기로 되찾은 자신감

첫 번역 작업의 트라우마는 쉽게 극복되지 않았다. 그 이후로도 여러 권의 책을 번역했지만 독일어보다 더 어려운 것이 한국말이었다. 첫 번역 때 지적받은 실수를 반복하지 않으려고 신경을 곤두세우다 보니 진도가 너무 느려졌다. 남의 나라 말을 배우느라 들인 시간과 돈과 노력에 비해 모국어인 한국말을 잘하려고 바친 노력은 극히 미미했다는 것도 뼈아프게 인정했다. 늘 쓰던 말이니까 그냥 저절로 되는 거라고, 당연히 잘할 거라고 생각했다. 이 무슨 근거 없는 자신감이란 말인가.

이런 나의 고민과 깨달음이 나를 한국어 교사의 길로 이끈 것 같다. 낫 놓고 기역 자도 모르는 외국인들을 가르치면서 한국어 문장의 구조와 구성 요소를 정확하게 이해하게 됐고 나 자신을 교정할 수 있었다. 학생들의 한국어 능력을 향상시키기 위해 문법과 읽기 및 쓰기 부교재를 만들고 시험문제를 출제하면서 끊임없이 숫돌에 칼을 갈고 있다는 느낌이 들었다. 15년 동안의 한국어 교사 생활을 통해 글쓰기에 대해서 완전히 바닥이었던 자신감이 조금씩 회복되는 걸 느꼈다.

"닥쓰!" 요즘 내가 활동하는 글쓰기 모임의 구호다. "닥치고 쓰세요!"의 줄임말이다. 나는 이 구호에 많은 위로를 받았다. 작가를 꿈꾸는 많은 이들도 쓰는 게 어렵다는 뜻 아닌가. 나만 컴퓨터 자판 앞에서 무기력함을 느끼는 게 아니라는 말 아닌가. 매일 다섯 문장 이상 글을 써야 하는 모임에 들어간 건 바로 이러한 어려움과 무기력함을 극복하고 싶어서였다. 단편이

나 장편 소설을 매일 다섯 문장 이상 쓰는 사람도 있고 어떤 이는 시를 쓰기도 한다.

스스로 글을 쓰기가 너무 힘들면 다른 작가가 쓴 책의 좋은 구절을 필사해도 된다고 해서 나는 필사부터 시작했다. 훌륭하다고 평가받는 작가들의 글을 눈으로만 볼 때와 한 글자 한 글자 타이핑해서 옮길 때의 느낌은 매우 달랐다. 어떻게 이런 글을 쓸 수 있을까. 눈으로만 볼 때보다 글의 맛이 더 확실하게 느껴졌고, 나도 이런 글을 쓰겠다고 결심하고 나니 훌륭한 교본이 되었다.

필사부터 시작해 좋은 문장의 본보기를 따라 내 글을 수정하면서 서툴지만 소설 습작에까지 도전해볼 수 있었다. 함께하는 회원들의 글을 읽어보는 것도 아주 도움이 됐다. 댓글을 달아 격려해주고 매일 글을 올리라고 독려하는 회원들 덕분에 일기도 끈기 있게 써 본 적이 없던 내가 이젠 온갖 핑계와 게으름을 물리치고 '닥치고 쓰기'가 가능한 사람이 되어가고 있다.

생각이 머릿속에 쌓여만 있을 때는 늘 정신적으로 방황했던 것 같다. 나의 모든 고민과 두서없는 생각들을 다 들어줄 사람은 어디에도 없다. 밤새도록 떠들어대면 다 쏟아낼 수나 있을까? 그런데 글로 옮기다 보면 자연스레 생각이 정리된다. 쓸데없이 중복되는 내용이나 단어, 조사들을 떨어낼 때 생각의 부스러기도 떨려 나간다. 글로 쓸 때 나 자신과 한판 논쟁을 벌이는 것도 신기한 경험이었다. 억지를 부려 보고 싶어도 정리해서 글로 내놓기 부끄러우면 다독여서 접어놓는다.

온라인 메신저로 하는 독서토론도 나에겐 훌륭한 글쓰기 연습이었다. 저마다 바쁘게 사는 사람들과 온라인 메신저 방에 모여 토론 진행자의 안내에 따라 글로 토론을 벌였다. 이것은 기록이 남기 때문에 나중에 토론 내용을 자세히 복기할 수 있다는 장점이 있다. 말하기의 동시성과 현장성이 글쓰기와 결합되어 새로운 표현 영역이 하나 더 생겼다는 생각이 든다.

글쓰기의 두려움으로부터 벗어나는 데 결정적인 계기는 무엇보다 다른 이들과 함께 했다는 것이다. 혼자서는 도저히 할 수 없는 일이었다. 혹시라도 혼자서 해낸 사람이 있다면 무한한 존경을 받아 마땅하다.

아직도 글을 쓸 때는 시간이 많이 걸린다. 자판을 오래 두드리면 어깨도 아프고 가끔 손목도 뻐근하다. 완성한 글을 다시 읽고 나서 싹 다 지워버릴 때도 있다. 하지만 그래도 아깝지 않다. 그 모든 것이 생각과 표현의 연습이자 강도 높은 훈련이라는 것을 알기 때문이다

확실한 것은 이렇게 계속 연습하다 보면 나 자신에 대해 더 잘 알게 될 것이라는 점이다. 진정 내가 하고 싶었던 이야기를 쓰고, 그 글을 통해 닫힌 마음은 두드리며 열린 마음과는 더 깊이 소통하고 싶다. 영원히 사람들의 기억에 남을 글을 쓰겠

다는 욕심 같은 건 없다. 그저 글을 통해 만나는 그 자리가 현재이고, 그 현재만으로도 충분하다.

이승은 김포대학교 국제교류처 한국어 강사, 성프란시스대학 인문학 과정 문학 담당 교수. 독일 현대소설을 전공한 후 외국 학생들에게 15년 동안 한국어를 가르치고 있다. 갱년기의 위기를 숭례문학당의 독서토론을 통해 극복한 후, 책과 토론을 통해 다양한 계층의 사람과 만나고 있다. 『야생의 낙원』 등 다수의 책을 번역했으며, 현재 100일 글쓰기 19기에 참가해서 매일 글쓰기를 실천하려고 노력 중이다.

나는 오늘도 한 줄로 시작한다

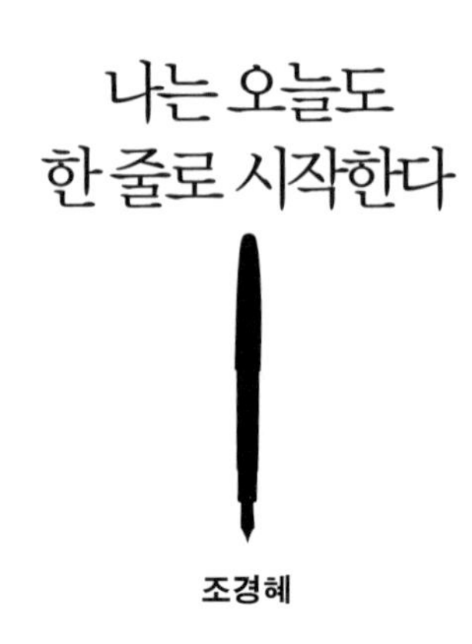

조경혜

2016년 1월부터 내 삶에 변화가 일어났다. 새해를 맞아 이젠 집과 가족을 돌보는 일에서 나를 해방시키고, 더 늙기 전에 진짜로 좋아하는 일을 해보자고 마음먹었다. 좀 더 적극적이고 구체적으로 내 삶을 가꾸는 일을 실행에 옮기고 싶었다. 그것이 매일 글을 쓰는 일이다. 하루도 빠짐없이 노트북 앞에 앉아 때로는 기분 좋게 신들린 듯, 때로는 몇 시간씩 모니터 앞에서 끙끙대며 자판을 두드린다.

작가가 되겠다는 거창한 목표가 있는 것이 아니다. 그냥 이런저런 머릿속의 생각들을 글로 풀어내고 있다. 돌이켜 보면, 8년 동안 직장생활을 했고 회사를 그만둔 이후에도 틈틈이 번역이나 개인지도 아르바이트를 했다. 그러나 항상 두 아이의 육아와 가사 일이 우선이었고, 어쩌면 안주하는 삶을 살고 있었는지도 모른다. 그동안 자신을 엄격히 성찰할 기회도 별로 없었다. 나의 이야기를 쓴다는 것, 그것도 남들에게 보이는 글을 쓰는 일에 엄두조차 내보지 못했던 내가 일 년 가까이 거의 매일 글을 쓰고 있다니 신기할 따름이다.

나는 글을 잘 쓰는 사람이 다른 어떤 재능을 가진 사람보다 부러웠다. 글 쓰는 일은 혼자서 이루어내는, 오롯이 내 머릿속에서 나오는 언어를 사용하는 창작물의 주인이 되는 것이 아닌가. 몇 년 전 공지영 작가의 강연회에 간 적이 있다. 책에 사인을 받으면서 나도 작가가 되고 싶다고, 작가인 당신이 정말 부럽다고 했더니 "지금부터라도 쓰면 되죠. 언제든 작가가 될 수 있어요"라며 밝게 답해주었다. 그 말을 듣고는 속으로 '내 나이가 이제 곧 쉰인데, 이제 와서 무슨…' 이런 생각을 했다.

갈망은 늘 있었으나 행동으로 옮기지는 못했다. 나를 들여다본다는 것에 대한 낯섦과 어색함, 무엇보다도 글을 쓰려면 잘 써야 한다는 부담감이 컸다. 하지만 나이 50을 훌쩍 넘기니 이제는 정말 글을 써야겠다는 생각이 절실해졌고, 용기를 내어보기로 했다.

글을 쓰는 것은 곧 나를 만나는 일

고모는 나의 글쓰기 인생에 자극제가 되었다. 평범한 주부인 고모가 언제부터인가 글을 쓴다는 얘기가 들려오더니, 몇 해 전 수필작가로 등단했고, 일흔이 됐을 땐 단독으로 수필집을 출간해서 모두를 놀라게 했다. 까마득한 어린 시절의 추억에서부터 삶의 단상들을 생생하고도 진솔하게 담아냈다.

거기에는 고모가 기억하는 돌아가신 나의 아버지, 할아버지, 할머니 그리고 작은아버지를 비롯한 삼촌, 고모들의 이야기로 가득했다. 개인적으로도 가슴 뭉클한 감동이 있었지만 50~60년대 한국 농촌 마을의 정경과 민중 생활사를 기록했다는 가치도 있었다. 내 아버지의 고향과 가족 이야기를 들려준 고모에게 감사했다. 본인은 칠순을 기념해 그저 자신한테 주는 선물일 뿐이라고 말씀하셨지만, 존경스러운 일이다.

자신이 살아온 이야기를 글로 옮기다 보면 잊고 있었던 추억이 되살아나면서 마음이 풍요로워진다. 혼란스러웠던 마음이 정리되거나 치유되기도 한다. 내 인생을 관조하고 이해하게 되면서 나를 받아들이고 인정한다. 그것은 맺혔던 마음의 응어리를 풀어주기도 한다. 또한 지금 내가 가진 생각을 글로 풀어내면서 상황을 차분하게 객관적으로 보고 스스로 정리할 수 있게 된다. 나, 가족, 사회, 때로는 세상 전체를 바라보는, 시각이 확장되는 경험을 하게 될 것이다.

“어머니는 내게 우는 여자도, 화장하는 여자도, 순종하는 여자도 아닌 칼을 쥔 여자였다.” 김애란의 단편 「칼자국」의 첫 문장이다. 「칼자국」은 어머니의 부음을 듣고 칼국수집을 하시던 어머니를 회상하며 쓴 작가의 자전적 소설이다. 그걸 읽으니 몇 해 전에 돌아가신 나의 어머니가 떠오른다. 어머니는 내게 푸념을 자주 하고, 화장하고 꾸미기를 좋아하며, 자존심이 강하고 허영심도 많은, 그러면서도 책을 좋아하던 여자였다.

어머니는 초등학교 교사 생활을 몇 년 하시다가 결혼 후엔 남편을 내조하고 자식들을 키우는 평범한 주부로서의 생을 사셨다. 어머니를 생각할 때면, 한가한 시간에 소파에 누워서 책을 읽으시던 모습이 떠오른다. 박완서 작가의 소설을 즐겨 읽으며, “이 정도는 나도 쓸 수 있을 것 같은데 말이야” 하며 허세를 부리던 자칭 문학소녀였다.

노년기에 어머니는 성경 필사에 온 열정을 쏟으셨다. 구약과 신약을 전부 필사하는 작업은 거의 5년쯤 걸렸던 것 같다. 외국 여행을 할 때도 성경책과 필사 노트를 챙기셨다. 필사를 다 마치니 교회에서 ‘어머니표 성경책’이 대백과사전만 한 크기로 다섯 권이 제본되어 나왔다. 사람들은 모두 어머니의 신앙심과 끈기에 찬탄했다.

일본어에 일가견이 있던 어머니는 더욱 고무되어 80세 가까이가 되어서는 일본어 성경에 도전하셨다. 아버지가 병원에 입원하시기 전까지 어머니의 일본어 성경쓰기는 계속되었다. 아버지가 숙환으로 돌아가시고 뒤이어 어머니도 치매와 노환으로 고생하시다가 돌아가시면서 일본어 성경은 창세기를 끝으로 더 이상 진도를 나가지 못했다.

나는 늦은 나이지만 글쓰기를 시작하길 정말 잘했다고 느낄 때마다 어머니를 떠올린다. 어머니도 성경 필사에만 그치지 않고 자신의 문학적 소양을 치열한 글쓰기로 풀어냈다면 자식들의 삶에 좀 덜 관여했을 것이고, 아버지에게 잔소리도, 짜증도 덜 냈을 것이다. 적어도 아버지를 먼저 보낸 후 우울증과 조급증은 덜 겪지 않았을까. 글을 쓰면서 자신과 마주하는 시간을 충분히 가졌더라면 마음의 여유를 갖고 좀 더 풍성하고 행복한 노년기를 보내지 않았을까. 그것이 못내 아쉽다.

책을 읽는 것이 다른 사람을 만나는 일이라면, 글을 쓰는 것은 나를 만나는 일이다. 차분하게 나에게 말을 걸고, 나의 말을 듣게 된다. 미처 몰랐던 내 모습을 발견하는 순간이다. 홀로 자신과 대면해야 하기에, 자기몰입의 시간이 된다.

100일 동안 함께 글쓰기

온라인으로 함께 100일 동안 글을 쓰는 모임의 존재를 알게 됐다. 무슨 대단한 작품을 쓰는 게 아니라 가벼운 하루의 기록도 좋으니 어떤 종류의 글이든 매일 써서 카페에 올리는 것이다. 즉, 글 쓰는 습관을 들이자는 취지의 모임이다. 모르는 사람들과 내 글을 공유한다는 것이 쑥스럽기는 해도 함께 쓰면 동력이 될 것 같았다. 나 혼자의 의지로는 절대 할 수 없는 일이니 억지로라도 그런 구속이 필요했다. 20대에서 50대까지 다양한 나이대의 16명이 모두 글쓰기를 습관화하겠다는 목표로 시작했다.

소소한 일상에서 일어난 일부터 그날그날 내게 감흥을 준 것들, 지금껏 살아온 이야기들이 모두 글감이 되었다. 독후감, 영화평, 기행문, 행사 참여의 기록과 단상, 신문 칼럼을 읽은 후의 단상도 좋았다. 그리고 글을 쓰기 위해 일상을 더 열심히, 더 꼼꼼히 보게 되었다. 원고지 3장의 짧은 글로 시작한 것이 점점 늘어 이제는 10장도 큰 어려움 없이 쓰게 되었다. 약속한 100일이 지나고, 함께한 그 열정들은 1년이 넘었다.

『유시민의 글쓰기 특강』에 의하면 "글은 많이 쓸수록 더 잘 쓰게 되는, 재능이 아닌 연습의 결과"라고 한다. 그러기 위해 글쓰기 근육을 키워야 하고 꾸준히 써보기를 3년 정도 하면 놀라운 변화를 느낄 수 있을 것이라 했다. 기생충 학자인 서민 교수도 10년간 꾸준한 글쓰기 훈련 끝에 서평가, 칼럼니스트가 되었다. 전혀 다른 분야에서 자신의 이름을 떨친 것이다. 매일 꾸준히 습관을 붙이는 힘이 곧 글 쓰는 능력임을 깨달았다.

'1만 시간의 법칙'이란 것이 있다. 하루에 3시간, 총 10년 동안 열심히 노력하면 자신이 목표한 바를 이룰 수 있다는 이론이다. 나는 1만 시간 글쓰기 프로젝트에 도전해보고 싶어 10년을 목표로 꾸준히 글을 쓰려고 한다. 그때쯤이면 편하게, 꽤 근사한 글을 쓰게 되지 않을까? 그렇다면 책 한 권은 나오지 않을까. 적어도 글쓰기 1만 시간의 법칙을 실천한 성공기 정도는 가능하지 않을까? 멀리 바라보고 느리지만 천천히, 그리고 꾸준히 쉼 없는 노력을 해보련다.

죽기 전에 꼭 해야 할 일

'오늘은 또 뭘 쓰나?' 글을 쓰기 전에는 여전히 부담스럽고 막막하다. 하지만 쓰면서 새로운 생각들이 떠오르고 그것들을 글로 정리하고 나면 그 성취감은 이루 말할 수 없을 정도다. 자판을 두드리며 생각에 몰두하는 시간은 정말 행복하다.

언제나 시작이 어려운 법이다. 사이토 다카시가 『원고지 10장을 쓰는 힘』(황혜숙 옮김, 루비박스, 2005)에서 "수단과 방법을 가리지 말고 열 장을 쓰자"라고 했지만 처음부터 열 장을 쓰는 건 무리다. 강준만 교수는 『대학생 글쓰기 특강』(인물과사상사, 2005)에서 "단 한 장이라도 좋으니 일단 쓰고 보자"라고 했다. 여기에 덧붙여 나는 "단 한 줄로 시작하자"라고 말하고 싶다.

무언가를 쓰려는 마음이 들 때 먼저 머리에 딱 떠오르는 한 줄로 시작한다. 가령 내가 집안일에 대한 짜증과 불만이 솟구칠 때가 있다. "나는 집안일이 싫다!" 이 짤막한 한 줄로 시작한다. 그다음엔 생각이 꼬리를 문다. 일단 시작하면 글이 글을 부르는 경험을 하게 된다. 생각나는 대로 다 쓴 후 퇴고가 중요하다. 퇴고를 반복해 글을 다듬는다. 이제 한 줄로 시작하는 매일 글쓰기가 어느 정도 습관이 돼버렸다.

생각이 달아나기 전에, 나이가 아주 많이 들어 기억이 희미해지기 전에, 글을 쓸 기력이 없어지기 전에 누구든 글쓰기를 시작하라고 말하고 싶다. 주눅 들지 말고, 잘 쓰려고 욕심부리지 말고 일단 써보자. 내 생각, 내 삶을 글로 옮겨보자. 혼자만의 의지로는 어렵다면 함께 쓰기로 강제하고 동력을 얻어라. 내 글을 보여주고 피드백을 받으라. 글로 사람들과 소통하고 감동까지 준다면 그만한 성취감과 즐거움도 없을 것이다.

조경혜 성장하는 두 아이와 남편을 뒷바라지하면서 일찍이 '경단녀'가 되었다. 외국어 공부를 즐겨 여러 언어를 섭렵했지만 나이가 들수록 모국어에 갈증을 느꼈다. 2016년부터 『황석영의 한국명단편 101』, 『레 미제라블』, 『토지』 등 온·오프 다수의 책 읽기 모임에 참여하여 독서토론과 독후감 쓰기를 즐기게 되었다. '100일 함께 쓰기'는 600일을 넘기고 계속 진행 중이다. 현재 영화 리뷰 모임과 건축답사 모임에 참여하여 글쓰기를 위한 영감을 받고 있다.

독서공동체라는 별천지를 찾다

권정희

아버지는 군인이셨다. 나는 아버지를 따라 2년, 짧게는 1년마다 이사를 했다. 시골에서 도시로, 때로는 도시에서 시골로. 덕분에 어딜 가나 늘 이방인 신세였다. 어느 곳에도 마음 둘 곳 없었던 나는 자연스럽게 책과 가까워졌다. 서점이 많지 않았던 그 시절, 엄마가 방문 판매원을 통해 사주신 위인전이나 명작 전집을 너덜너덜해질 때까지 계속 읽었다.

초등학교 4학년이 되면서 떠돌이 생활은 끝이 났고, 부모님은 지방에, 나는 서울 외할머니 댁에 정착했다. 서울로 전학 간 첫날, 아무도 반겨주지 않았고 그렇게 외톨이가 되었다. 외로움을 극복하려고 수영부에 가입했지만 또래 친구들과 좀처럼 친해지지 못했다. 난 늘 혼자였고 점점 자신감을 잃어 갔다. 결혼한 뒤에도 수동적인 태도로 특별한 의욕 없이 살았다. 타인과의 관계 맺기가 유독 어려웠던 난 성향이 정반대인 사람들에게 끌렸고, 그들 곁에서 그림자처럼 지냈다.

글쓰기 욕구의 발현

어느 날 나는 유치원에 입학한 큰딸이 다른 아이들에게 휘둘리는 모습을 목격했다. 나의 수동적인 태도가 아이에게까지 영향을 미친 것이다. 자신을 해코지하는 친구에게 말 한 번 못하고 당하는 아이를 보며 가슴이 찢어지는 아픔을 느꼈고 정신이 번쩍 들었다. 그리고 이것은 내 삶의 태도를 바꾸게 되는 계기가 되었다.

'더 이상 납득할 수 없는 타인의 말에 반박 한 번 못하고 가만히 있지 말아야겠다. 아이만큼은 자신의 의견을 당당히 밝히고, 논리적으로 설득할 수 있게 도와줘야겠다'는 생각이 들었다. 문제를 발견했으니 해결하는 힘을 길러야 했다. 그 사실을 직시한 순간, 바로 실천에 옮겼다. 정신과 전문의 이시형 박사가 『공부하는 독종이 살아남는다』(중앙북스, 2009)에서 밝혔듯이 '진짜 실력'을 갖추기 위해 '진짜 공부'를 시작해야 했다. 이때부터 엄마로서 공부에 대한 투지를 불태웠다.

우선 닥치는 대로 읽고 듣고 썼다. 사는 데 급급해 외면했던 세상의 지식을 분야를 가리지 않고 머릿속에 집어넣었다. 아이들이 잠든 새벽에 교과부터 신문에 이르기까지 필요한 모든 정보를 오리고 붙여 수집하였다. 낯선 신조어나 외래어는 사전이나 해설을 찾아 옮겨 적고, 눈에 띄는 곳에 붙여놓기도 했다. 암기력이 떨어져 머릿속에 다 입력할 수 없었던 것을 기록하는 행위는 나에게 뿌듯함을 선물하기도 했다. 이때부터 두 딸을 위한 광독狂讀, 광필狂筆이 시작되었고, 멈출 수 없었다.

아이들이 학교에서 배운 지식을 활용할 수 있도록 매일 함께 뉴스를 보고 책과 신문을 읽었다. 그리고 사회에서 발생한 문제 상황을 보고, 그 해결책을 아이와 함께 고민하였다. 아이의 수준에 맞는 근거를 찾고, 논리적 글쓰기도 함께 연습했다. 송파 세 모녀 사건(복지), 세월호 사건(안전), 풍년의 역습(경제), 인터넷 실명제 위헌 결정(인권) 등 사회 이슈와 관련된 내용을 교과와 연계하여 쓰도록 했고, 첨삭했다. 아이는 나의 지도를 잘 따라주었다.

그러나 너무 지나치게 몰아쳤던 탓일까? 사춘기를 겪고 있던 큰딸이 지쳐갔다. 도움을 주고 싶어 시작한 공부가 오히려 아이들에게 독이 되었다. 그동안 공들인 탑이 이대로 무너질까 두려웠다. 그럴수록 아이들을 더욱 다그쳤고, 결국 서로에게 깊은 상처만 남겼다. 아이들과의 관계가 더 나빠지기 전에 그만두어야 했다. 이후 글쓰기를 계속하기 위해 인터넷에서 검색하다 찾은 곳이 지금 공부하고 있는 독서공동체다.

읽기, 듣기, 말하기, 쓰기의 열망을 지닌 이들이 모인 이곳은 별천지였다. 각종 토론, 글쓰기, 학습 모임들이 넘쳐났다. 나는 그동안 두 딸을 통해 대리만족해왔던 공부에 대한 열망과 응어리를 이곳에서 조금씩 풀어갔다. 책을 읽고 함께 토론하는 낯선 이들의 시선이 참 따뜻했다. 비난과 허세로 가득한 세상과는 천양지차였다. 그들 중 눈에 띄는 이가 있었다. 차분한 목소리로 자신의 소신을 논리정연하게 발언하는 모습이 무척 인상적이었다. 늘 맥락 없이 말하던 난 그 비결이 궁금했다. 그는 서평 쓰기가 도움이 되었다고 했다.

두서없는 발언을 정리하고 싶었던 난 바로 서평 수업에 등록했다. 생전 처음 만난 책들, 관심이 덜 했던 문학, 600페이지가 넘는 책 등 도전하기에 쉽지 않은 책들이 대부분이었다. 만만하지 않은 수업이었지만, 정보 수집을 좋아하는 장점을 살려 부족한 비평에 수집한 정보들을 녹여내며 서평을 썼다. 미치도록 힘들었지만, 이상하게도 서평을 완성할 때마다 즐거웠다. 메모와 요약에 머물렀던 글쓰기가 진일보하는 것을 어렴풋이 느낄 수 있었다. 발언도 조금씩 정리가 되었다. 지난 40년 동안 미처 발견하지 못했던 글쓰기에 대한 열망이 서서히 솟아올랐다.

잠시 위기도 있었다. 편집자, 국어 선생님, 문학 전공자, 사서, 토론 강사, 연구원 등 글과 관련한 내공을 가진 동료들 사이에서 나의 부족함은 더욱 크게 느껴졌다. 다양한 분야의 책을 탐독한 그들의 다독력과 심오한 책에 대한 문해력에 놀랐다. 그러면서 부족한 내 글을 볼 때마다 한숨만 나왔다. 쟁쟁한 솜씨로 쓴 그들의 유려한 글과 내 글을 견주는 것은 '서울대입구역'과 '서울대 정문'의 차이랄까. 한낱 찌꺼기 같은 내 글을 보며 '글쓰기를 여기서 그만 포기할까?' 고민하기도 했다.

혼자였으면 진즉 포기했을 터. 나를 버티게 한 건 글로 나누는 위로의 힘이었다. 지치고 힘들 때마다 SNS에 투정 섞인 글을 올리면 어디선가 위로의 댓글이 하나둘 올라왔다. 비난이 난무하는 SNS와는 너무 달랐다. 누구도 비난 글을 올리지 않았다. 오히려 나보다 더 힘들어하는 사람들의 글에 내가 위로의 말을 보탤 때도 종종 있었다. 그럴 때마다 힘이 나고 용기도 얻었다. 때론 말보다 글이 열 배는 더 위로가 되었다. 어쩌면 나 같은 초보 글쟁이가 평생 글쓰기를 두려워하는 사람들에게 용기와 위로를 줄 수 있겠다는 자신감도 생겼다.

아직 갈 길은 멀지만 책을 읽고 서평을 쓰는 행위는 이루 다 말할 수 없는 행복을 선물했다. 본격적으로 쓴 첫 서평은 파트리크 쥐스킨트의 『좀머 씨 이야기』(유혜자 옮김, 열린책들, 2015)

였다. 자신의 죽음마저 주체적으로 선택하는 좀머 씨에게 매력을 느낄 수밖에 없었다. 읽기만 한다면 휘발될 감정들을 어설프게 흰 종이에 한 줄 한 줄 쓸 때마다 묘한 쾌감을 얻었다.

오사와 마사치는 『책의 힘』(김효진 옮김, 오월의 봄, 2015)에서 "생각한다는 것의 최종 산물은 언어이기 때문에, 그것을 언어화하지 않으면 자신이 느낀 감정은 그 순간 그대로 사라져버린다"고 말했다. 따라서 읽고 생각하고 쓰는 기술은 이 파국의 시대에 필연적 임무를 맡는다고 한다. 이 필연적 임무를 일부지만 내가 담당하고 있는 것이다.

쓰면 쓸수록 어렵고 힘들어지는 것이 서평이다. 그런데 이상했다. 어렵고 힘들면 멈출 법도 한데 계속 쓰고 싶은 마음이 들었다. 고통과 즐거움이 어우러진 서평은 삶의 지평을 조금씩 넓혀 주었고, 동시에 살아있음을 느끼게 했다. 『비평가의 임무』(테리 이글턴·매슈 보몬트 지음, 문강형준 옮김, 민음사, 2015) 서평을 쓰며 비평이라는 장르에 관심을 갖게 되었다. 감히 내가 말이다. 서평가가 되고 싶다는 다소 엉뚱한 꿈을 마음속에 담기도 했다.

글쓰기는 나를 변하게 했다. 어릴 적 꿈꾸지 못했던 새로운 꿈을 품게 했다. 온갖 어려움을 겪으면서도 진정한 자아를 찾아 나선 한 애벌레의 이야기, 트리나 폴러스의 『꽃들에게 희망을』(김석희 옮김, 시공주니어, 2016)이 생각난다. 의문투성이 삶은 설명할 수도, 보여줄 수도 없다. 불투명한 미래는 현재를 두려움으로 채운다. 두려움으로 가득 찬 세상은 다툼과 미움이 있을 뿐이다. 오직 남을 밟고 올라가느냐, 아니면 남에게 짓밟히느냐. 죽음의 고통을 넘어서지 않고는 좀 더 아름답고 새로운 삶으로 나아갈 수 없다. 두려운 삶을 벗어 던지고 새로운 삶으로 이끄는 원동력, 그것을 감히 '글쓰기'라 말하고 싶다. 새로운 삶을 찾아낸 애벌레들처럼 끈기 있게 도전하여 진실한 글쟁이가 되고 싶다. 원하는 목표에 도달하도록 묵묵히 도전하며 그 변화의 과정을 견뎌 보리라.

> "날기를 간절히 원해야 돼. 하나의 애벌레로 사는 것을 기꺼이 포기할 만큼 간절하게."
>
> –『꽃들에게 희망을』

권정희 수영선수, 자기주도학습사, NIE 강사, 논술 강사, 독서지도사를 거쳐 지덕체(智德體)를 겸비한 숭례문학당 강사로 활동 중이다. 중·고등학교, 도서관 청소년 독서토론 진행과 독서토론 리더 강의, 서평 글쓰기 수업을 하고 있다. 현재 세 명의 강사들과 '필사'에 관한 책을 쓰고 있다. 읽기와 쓰기를 통해 내가 누구인지 알 수 있었기 때문에 꿈을 찾지 못한 이들의 멘토가 되길 자청한다.

3장

일상에 활기를 불어넣은 글쓰기

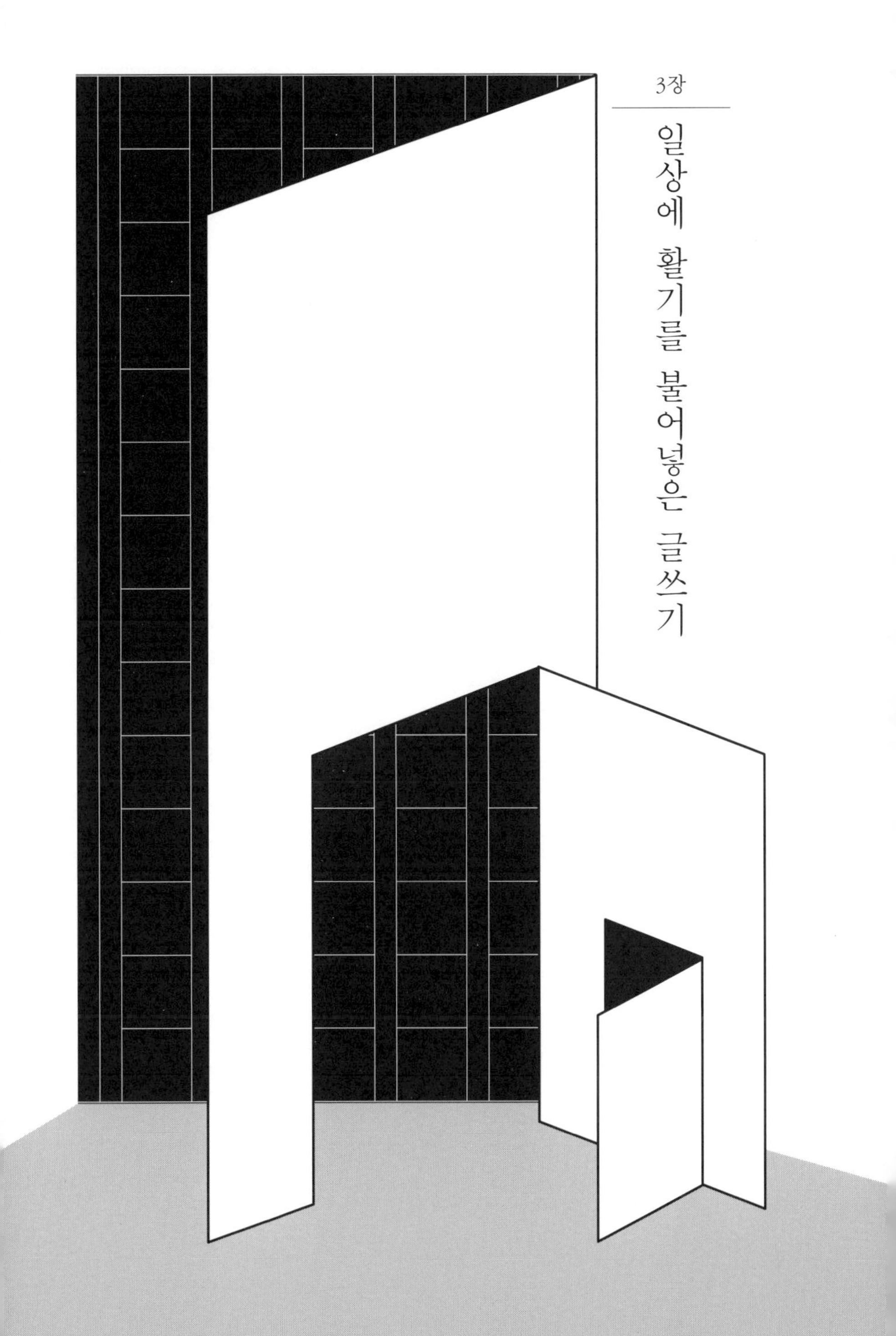

전철 독서 7년, 쓰기에 날개를 달다

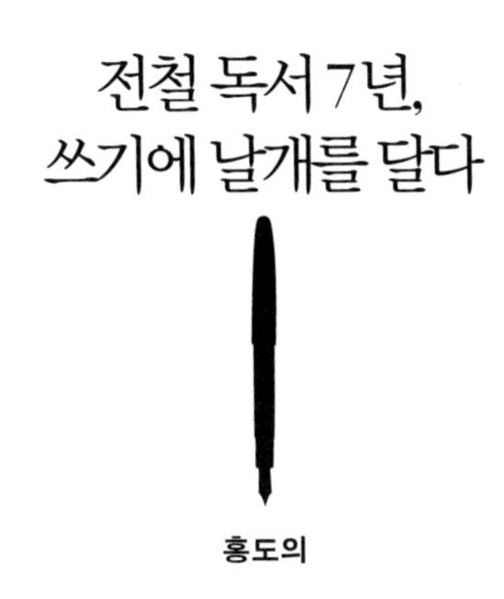

홍도의

어느덧 전철에서 책을 읽어온 지 7년이 되어간다. 매일 아침 2시간 걸리는 출근길 전철에 몸을 실으며 습관처럼 책을 꺼내 든다. 스마트폰에서 흘러나오는 잔잔한 영화음악 선율에 취해 파스테르나크의 『닥터 지바고』나 장석주의 『20세기 한국문학의 탐험』(시공사, 2007) 같은 관심 분야 책을 읽는다. 2016년 10월부터는 100일 동안 글을 쓰는 프로그램에 참여하고 있는데, 매일 원고지 10매 정도의 글을 써서 게시하고 있다. 점심 식사 후에는 자투리 시간을 이용해 『젊은 베르테르의 슬픔』을 몇 줄씩 필사하기도 한다. 이것이 최근 반복되는 나의 일상 모습이다.

전철에서 읽은 책만 600여 권

나는 2011년부터 전철에서 책을 읽기 시작했는데 그 이전까지는 7년간 가족과 떨어져 지냈다. 아내와 아이는 주말에만 만날 수 있기에 홀로 지내며 무언가 시작해야 함을 직감했다. 가장 먼저 컴퓨터와 텔레비전을 없애고, 방송통신대에서 2004년 무렵 처음 개설된 문화교양학 공부를 시작했다.

동서양 고전문학과 역사, 철학, 문화예술 등 다양한 분야를 배우는 것이 좋았다. 덕분에 가족과 떨어져 지내며 느끼던 허전함을 메울 수 있었다. 그렇게 4년간 공부하고 나니 국문학을 배우고 싶은 욕심이 생겼고, 3학년으로 편입해 고전과 근현대문학을 새로 익혔다.

6년 동안 과제물과 논문을 작성하면서 글쓰기에 대한 자신감을 얻었고, 문사철文史哲에 대한 기초 지식도 조금씩 넓혀갔다. 그러나 아이들에게 아빠로서 주말에만 만나는 것에 대한 부채의식을 느꼈고, 가족이라는 테두리에서 빠져버린 듯해 허전함도 깊어갔다. 아이들이 아프거나 아내가 힘들어해도 멀리서 안타까워만 할 뿐 어떠한 도움도 줄 수 없는 무기력한 날들이었다. 결국 고민을 거듭한 끝에 왕복 4시간 거리를 전철로 출퇴근하기로 결심했다.

서울에서 멀리 떨어진 경기 북부 지역에 있는 직장에 출퇴근하는 것은 생각보다 더 힘들었다. 퇴근하면 다음 날 출근 시간이 부담되어 일찍 잠자리에 들었다. 그런데 그렇게 서너 달을 지내다 보니 차츰 적응하기 시작했다. 힘들어도 가족과 함께하며 마음의 안정을 얻고 생활 리듬을 찾으면서, 나는 새로운 시작을 준비했다.

그때부터 나는 전철에서 책 읽는 사람이 되었다. 스마트폰이나 전철 역 앞에 놓여 있는 무가지 신문은 아예 들여다보지 않기로 마음먹었다. 이왕 고생스러운 출퇴근을 자처했으니 그에 상응하는 나만의 가치 있는 활동을 하고 싶었다. 그것이 나에게는 독서였다.

이른 출근 시간에 전철을 타다 보면 대부분의 사람은 스마트폰을 들여다보거나, 눈을 감고 부족한 잠을 보충한다. 책을 읽는 사람은 한 칸에 두세 명 정도다. 다행히 나는 책을 좋아했고, 평소 관심 있던 역사서나 문학 등 다양한 책을 찾아 읽기 시작했다.

하루에 서너 시간씩 책 읽기를 거듭하다 보니 어느 순간부터 알 수 없는 충만감이 나를 감쌌고, 해를 더할수록 읽은 책은 점점 늘어났다. 2012년부터는 시립도서관에서 '책 읽는 동두천'을 테마로 '독서마라톤 대회'를 개최했는데, 평소 읽는 책에 대한 기록을 남길 수 있겠다는 생각에 매년 참여했다. 그러다 보니 어느덧 독서기록장은 다섯 권으로 늘어났고, 어느 순간부터 글이 자연스럽게 써졌다. 자필로 써서 기록해야 한다는 규정에 따라 책을 읽은 소감을 죽 적어 내려가다 보면, 길게 늘어지는 문장이지만 문맥이 자연스럽게 연결되기에 이르렀다.

지난 6년간 내가 읽고 기록한 책은 600여 권에 달한다. 대부분이 전철에서 읽은 책들로, 문학과 역사, 시와 수필 등 매년 평균 100권씩 다양하게 읽은 책 목록이 쌓여갔다. 그리고 꾸준히 읽고 기록하다 보니, 몇 차례 상을 받는 행운이 찾아오기도 했다.

2015년도에는 직원들과 독서마라톤대회에 단체로 참여했었다. 책 읽는 사무실 분위기를 만들고 상도 받았던 기분 좋은 순간이었다. 그때의 경험을 기고한 글이 '독서할 때 당신은 가장 좋은 친구와 함께 있다'라는 제목으로 신문에 실려 부시장과 동료들로부터 격려와 응원을 받기도 했다.

그러던 어느 날, 나의 글쓰기는 새로운 전환점을 맞이했다. 내가 일하는 동 주민센터에 불우한 환경을 꿋꿋하게 이겨내고 성실하게 복무하던 한 청년이 있었는데, 그 모습이 무척 아름답게 느껴졌다. 사무장이었던 나는 그를 널리 알리고 싶었고, 2015년 연말에 병무청에서 시행하는 '사회복무요원과 관계자에 대한 시상 계획'에 맞춰 공적조서를 제출했다. 조서에는 복무요원으로 들어오기 전 그 젊은이의 상황과 앞으로 그가 나아가야 할 미래에 대한 내용을 담았다.

최종 심사 결과, 전국 4만 7천여 명의 복무요원과 담당공무원 중에서 그 청년이 사회행정대상 수상의 영예를 안았다. 동주민뿐 아니라 시청의 많은 사람이 그를 축하해주었다. 시장이 복무요원과 부모님을 불러 격려하고, 언론에 보도되는 등 한껏 분위기가 고무되었다. 나는 그것을 계기로 글이 가진 힘을 믿게 되었다. 간절함을 담아 청년의 성실한 복무 태도를 써낸 공적글이 제대로 평가를 받은 거 같아 뿌듯했다. 무엇보다도 글을 통해 그 젊은이에게 용기를 북돋아 주고, 조금이나마 희망찬 앞날을 바라보게 하였다는 보람이 컸다.

글쓰기의 생활화

30년 가까이 지방행정공무원 생활을 하면서 다양한 업무를 경험하고 여러 차례 보도자료를 만들기도 했다. 그러나 그것은 단편적이고 규격화된 글쓰기에 불과했다. 나의 글쓰기가 본격화된 계기는 우연히 찾아왔다. 동두천시립도서관 2016년 상반기 '길 위의 인문학' 프로그램 속 '읽고, 쓰고, 걷고 행복하라'는 강좌가 바로 그것이다. 성북동에 있는 최순우 옛집과 길상사를 탐방한 후기를 쓰고 강사로부터 피드백을 받았는데, 지난 수십 년간 어렵게만 생각했던 나의 글쓰기가 비로소 바로잡히는 특별한 경험이었다.

처음으로 받아본 일대일 글쓰기 코칭, 그것은 글쓰기에 관심이 많았던 나에게 구원의 손길과도 같았다. 그리고 매일 10분씩 꾸준히 써보라는 응원에 힘입어, 본격적인 글쓰기로 나아갈 용기를 얻었다. 그때부터 나는 글쓰기에 집중했고, 생각한 것을 하나둘씩 행동으로 옮겼다. 글쓰기 관련 모임에 가입해 독서와 글쓰기, 토론 등 다양한 활동을 하는 사람들을 만나고, 페이스북으로 문학과 글쓰기 정보를 공유했다. 급기야 2016년 10월부터는 매일 글을 써서 인터넷 카페에 올리고 있다.

톨스토이 전작 읽기 모임에도 참여했다. 『전쟁과 평화』, 『안나 카레니나』, 『부활』을 읽고 작품에 대해 토론하는 모임이었는데, 대문호의 작품에 나타난 사상과 시대 상황을 이해하고, 톨스토이가 만들어낸 명문들을 공감하는 유익한 시간이었다.

글쓰기는 나의 삶을 나날이 고양시킨다. 20명 내외의 친구들과 카페에 글을 올리고, 서로의 글에 응원하는 댓글을 쓰거나 공감하며 쓰기를 이어간다. 100일 동안 매일 글을 쓰는 '100일 글쓰기'라는 활동을 시작했을 때는 서툰 글이라도 하루도 빠짐없이 꼭 써내야 한다는 의무감과 제대로 된 글을 써야겠다는 욕망이 교차했다.

첫 100일 동안 매일 댓글로 격려해준 코치님의 응원은 또 다른 100일을 준비하게 했고, 덕분에 200일 쓰기, 300일 쓰기로 이어나갈 수 있었다. 처음에는 원고지 5장 쓰기도 버거웠는

데, 이제는 10장 분량을 쓰는데도 부담이 적다. 이제는 1000일 쓰기에 도전해봐야겠다는 의욕마저 생긴다.

독서와 더불어 100일 글쓰기를 하면서, 글쓰기는 또 다른 매력으로 나를 이끌었다. 50대 중반에 들어선 나이, 그동안 마음속으로만 꿈꾸던 것을 이제야 본격적으로 실천하고 있는 나 자신을 발견했다. 글쓰기를 하다 보니 평소에 그냥 지나쳤던 일상도 새롭게 바라보게 된다. 가족 간의 대화나 직장 동료들과 함께하는 자리에서도 마찬가지다. 그 자리에서 벌어지는 상황을 다양하게 생각해보고, 결론을 도출하는 합리적 사유와 판단 능력도 길러지는 듯하다.

글쓰기는 은퇴기에 접어든 나에게 새로운 활력을 준다. 책을 좋아했던 소년의 막연했던 꿈이 이제야 현실로 자리매김해 매일 새롭게 태어나는 기분이다. 처음 글쓰기를 시작하겠다고 할 때, 무심히 바라보던 아내와 자식들도 이제는 나의 글쓰기에 관심을 보인다. 주말 아침 일찍 일어나 두세 시간씩 컴퓨터 자판을 두드리는 나를 보며 오늘은 무슨 글을 쓰냐고 묻기도 한다.

나탈리 골드버그의 『뼛속까지 내려가서 써라』(권진욱 옮김, 한문화, 2013)를 보면, 규격화된 쓰기보다는 진실한 마음에서 우러나오는 자연스러운 글쓰기를 강조한다. 이 책을 통해 매일 창조적인 쓰기 습관이 필요함을 배웠다. 또 서민 교수는 매년

100권의 독서와 10년 이상 글쓰기가 오늘의 자신을 만들었다며 습관의 중요성을 강조했다. 그래서 나도 페이스북 활동을 시작했다.

평소 SNS 활동을 하지 않던 나에게 그것은 작은 파문이었다. 시시각각으로 전해지는 많은 작가와 예술인, 학자와 지인들의 글을 통해 새롭게 만들어지는 정보들을 접하고 있다. 그 안에 나의 글도 중간중간 올리며, 다른 이들의 반응을 보고 힘을 얻기도 한다. 여류 시인과 작가의 따뜻한 댓글에 마음이 훈훈해지고, 러시아에서 전해오는 페이스북 친구의 소식에 그곳 사람들의 사는 모습도 상상하게 된다.

페이스북이라는 공간은 나의 사고영역을 넓혀 주고, 책 이야기와 출판 소식도 생생하게 전해주는 소통의 장이 되었다. 나는 페이스북에 '나를 찾는 여행자'라고 자신을 소개했다. 자유로움을 갈구하며 글쓰기가 생활화되는 나를 꿈꾼다.

오래전 보았던 『혼불』의 작가 최명희에 대한 방송이 아직도 머릿속에 맴돈다. 한 땀 한 땀 정성들여 글을 쓴 고인의 투혼을 느꼈기 때문이다. 헬렌 켈러는 맹아농盲啞聾의 삼중고를 겪으면서도 인류에게 희망을 주었다. 영원한 혁명을 꿈꾼 실천주의자 체 게바라는 "리얼리스트가 되자. 그러나 가슴속에는 불가능한 꿈을 가지자"라고 말했다. '불가능할 것 같은 꿈', 그러나 '꿈'은 꾸는 자에게만 희망과 현실로 다가온다. 글쓰기가 나를 그러한 길로 인도하는 꿈이 되기를 바란다. 그러기 위해 나는 오늘도 전철에서 책 읽고, 카페에 글 올리며, 나를 찾아 가는 여행을 계속하고 있다.

홍도의 읽기를 좋아하는 29년 차 지방행정공무원. 오랜 갈증을 해소하듯 2016년 하반기부터 글쓰기를 생활화하고 있다. 숭례문학당의 '100일 글쓰기' 프로그램을 세 차례 완주했다. 고전문학 토론모임에 참여하고, 『황석영의 한국명단편 101』 함께 읽기에 동참하는 등 읽고 쓰며 토론하는 즐거움을 만들어가는 중이다. 현재 지향하는 가장 큰 목표는 1000일 매일 쓰기다.

일기가 이어준 인연

박찬호

2009년 대학 수시모집이 시작되던 8월 말에 한 고등학교 3학년 학생이 자기소개서를 들고 나를 찾아왔다. 두려움이 가득한 눈동자로 나를 응시하던 그는 물리학과 원서를 손에 들고 있었다. 18년의 인생이 담긴 자기소개서에는 물리 공부에 관한 문장 3개만 덩그러니 놓여 있었다. 그는 더 이상 쓸 말이 생각나지 않는다는 고백과 함께 이공계여서 어쩔 수 없다는 말만 되풀이했다.

결국 그를 붙들고 글쓰기에 대한 잔소리를 시작했다. 자기소개서에는 무엇이 들어가야 하는지, 어떻게 써야 하는지, 이것을 읽을 독자인 담당교수는 무엇을 원하는지에 대해 설명했다. 그날 저녁 그의 어머니로부터 전화를 받았다. 그가 방에 들어가서는 한참이나 나오지 않는다는 것이다. 그 학생은 글쓰기가 이렇게 힘든지 몰랐다고 했다. 그리고 2010년 3월, 그가 그토록 꿈꾸던 울산과학기술대UNIST에 당당히 입학했다. 물론 자기소개서를 7번이나 함께 고쳐 쓴 결과였다.

두려운 글쓰기, 어디서부터 시작할까?

16년째 국어교사 생활을 하고 있는 나를 학생들이 자주 찾는 때는 바로 9월이다. 올해도 글쓰기 때문에 좌절하는 학생들이 몰려올 것이다. 그들은 아주 절실한 마음으로 도움을 청하러 온다. 때로는 다른 선생님으로부터 학생들의 자기소개서 검토를 부탁받기도 한다. 그러면 한 사람의 인생이 걸린 글을 붙잡고 밤새워 살펴본다. 마치 고장 난 시계를 뜯어 작은 부품을 돋보기로 보듯이. 이렇게 수정할 부분을 찾아내어 학생과 함께 고쳐 쓰기를 반복하며 자기소개서를 완성한다.

국어교사에게는 자기소개서 이외에 다른 원고 청탁도 많이 들어온다. 교지는 물론 가정통신문에 들어갈 문구 작성도 부탁을 받는다. 학교 교육사업의 기획서와 보고서도 국어 교사의 몫이다. 입학식과 졸업식 순서지 작성하기 같은 다양한 학교기록물 작성에도 관여한다.

여기에 나만의 고민이 있다. '국어를 전공했으니 글을 잘 쓰겠지'라는 사람들의 생각이 두렵다. 모든 국어교사가 글을 잘 쓰는 것은 아니다. 국문학을 전공했지, 글쓰기를 전공하지 않았으니까. 그래서 누구보다 글 쓰는 것을 두려워한다. 만약 이러한 사실을 안다면 과연 사람들이 지금처럼 나에게 원고를 청탁하거나 첨삭을 부탁할지 의문이다. 내가 국어교사라는 것을 아는 사람에게 문자를 보낼 때도 두렵다. 맞춤법이나 띄어쓰기를 실수하지는 않을까 걱정하며 문자메시지를 거듭 검열하고서야 보낸다.

물론, 국어를 가르치는 선생님 중에는 글을 잘 쓰는 사람이 많고, 사람들에게 감동을 주는 책을 쓴 사람도 많다. 하지만 나는 아니다. 작가들이 창작한 문학작품이 좋아서 국어 과목을 선택했지, 글쓰기가 좋아서 선택한 것은 아니기 때문이다. 나도 글을 잘 쓰는 사람이 되고 싶다. EBS 수능국어를 잘 가르치는 사람에서 벗어나 글을 잘 쓰는 사람이 되고 싶다.

한 인터넷서점에서 글쓰기에 관한 책을 검색해보니 총 2,110권이 나온다. 이처럼 글쓰기 책은 꾸준하게 판매되고 있다. 이는 글을 잘 쓰고 싶어 하는 사람이 많다는 것을 보여준다. 그리고 우리 사회가 글을 잘 쓰는 사람을 원한다는 방증이기도 하다. 이것이 바로 두려운 글쓰기를 외면할 수 없는 이유다. 그렇다면 글쓰기를 잘하기 위해서 어떻게 해야 할까?

글쓰기에 대한 고민에 몰두하던 어느 날, 저녁식사를 하며 시청하던 TV 프로그램에서 단서를 얻었다. 요즘 많이 방영하는 요리 프로그램에서 요리에 익숙하지 않은 중년의 남자들을 모아놓고 가장 맛있는 김치찌개 끓이는 법을 가르쳐주는 내용이었다. 요리 선생님은 수강생들에게 자신이 먹어본 김치찌개 중에 가장 맛있었던 기억을 떠올려보고, 그것을 만드는 과정은 어떠했을지 말해보라고 했다. 가장 맛있는 김치찌개에 대한 기억은 사람마다 달랐다. 그리고 그 기억을 더듬어서 레시피를 구상하고, 그들만의 맛있는 요리를 만들기 시작했다. 물론 요리 선생님이 만든 김치찌개가 제일 맛있어 보였지만, 수강생들이 만든 개성 넘치는 김치찌개도 정말 훌륭했다.

글도 요리와 같다. 글쓰기에 정답은 없다. 다만 다양한 글쓰기가 있을 뿐이다. 맛있는 요리를 하기 위해 먼저 해야 할 것은 맛있는 요리를 먹어보는 일이다. 음식을 먹어보며 감별하듯, 좋은 글을 읽어보고 글맛을 보아야 한다. 좋은 글쓰기는 바로 좋은 글을 읽는 것에서 시작한다.

좋은 글이란 무엇인가? 좋은 글은 '나의 맛'이 살아 있는 글이다. 나만의 이야기가 살아 있는 글, 나만의 생각이 공유되어 타인의 생각과 만날 수 있는 글, 바로 공감 있는 글쓰기다. 타인이 공감할 수 있는 나만의 이야기를 쓸 수 있다면, 이미 멋진 글을 쓰는 작가라고 할 수 있지 않을까.

함께 쓰는 교환일기, 새로운 가족을 만들다

1996년 여름, 남산에 밤 풍경을 찍으러 사진동아리 사람들과 올라간 적이 있다. 매일 반복되는 서울의 야경이 그토록 아름다운 줄은 미처 몰랐다. 그런데 이를 사진기에 담는 작업은 서울의 밤을 내 눈으로 보는 과정과 전혀 달랐다. 카메라가 빛을 오랜 시간 투과시키도록 수동으로 조정해야 했다. 그러한 설정을 거쳐야 멋진 야경을 고스란히 담을 수 있었다. 그제야 사진동아리 선배들이 멋져 보였다. 내가 모르는 세계가 바로 사진이었다.

지금도 시간은 계속 흘러가고 있다. 우리의 시각으로는 보이지 않는 시간. 이러한 시간의 흐름을 담고 싶다. 마음속으로 수동모드를 설정하듯, 내 마음의 빛을 오랜 시간 백지에 투과시켜야 한다. 마음속에 흐르는 시간에 나만의 생각을 담아내는 것, 이것이 내가 소망하는 글쓰기다. 좋은 글이란 자신의 내면을 드러내어 다른 사람도 공감할 수 있도록 보여주는 것이다. 여기에 진정성과 공감은 글에 생명력을 불어넣는다.

아무리 잘 쓴 글일지라도 자신의 삶에 흐르는 갈등, 아픔, 추억 등이 담겨 있지 않다면 진정한 글이 될 수 없다. 오로지 자신을 있는 그대로 보여줘야 한다. 그러기에 글쓰기에는 용기가 필요하다. 나를 드러낼 수 있는 용기, 나의 살아 있는 심장을 꺼내놓을 수 있는 용기를 담은 글, 그것이 바로 진정성이 살아 있는 글이다. 사람들은 진정성이 듬뿍 담긴 글을 보고 비로소 공감하고 글쓴이를 이해한다.

이러한 점에서 글쓰기는 진실이 담긴 내 마음을 시간이라는 빛을 이용하여 찍는 한 장의 사진과 같다. 진실이 담긴 한 줄의 글을 내 인생이 끝날 때까지 쓰고 싶다. 가장 솔직한 나만의 진실을 담은 글쓰기, 오로지 스스로 즐기기 위한 글쓰기, 그것은 바로 일기 쓰기가 아닐까 싶다.

일기는 조금 확장하면 다른 이와 함께 쓸 수 있다. 일명 교환일기다. 누구나 학창 시절 친한 친구와 함께 교환일기를 써본 기억이 있을 것이다. 주로 학생끼리 마음을 나누고 싶을 때 교환일기를 쓴다. 물론 글쓰기에 관심이 있는 담임선생님이 갑자기 노트를 던져주어서 학급 전체가 돌아가면서 쓰는 학급일기도 있다. 번호순으로 돌아가며 쓰는 일기는 친구들의 생각을 들여다보는 재미가 제법 쏠쏠하다.

한없이 뛰어나가 놀고 싶은 십 대의 청춘을 네모난 콘크리트 상자에 넣어놓고 똑같은 일상을 강요하는 학교. 아침에 등교하여 오후나 저녁에 동시에 끝나는 곳. 매일 똑같다고 생각되는 시간이지만, 일기를 써보면 같은 교실에서 같은 수업을 들었던 친구들의 생각이 서로 다르다는 것을 알 수 있다. 우리 반 학생들에게 내가 학급일기를 쓰도록 하는 이유가 바로 여기에 있다. 하나의 공동체임을 느끼기 위해서는 서로의 생각을 아는 것부터 시작해야 하기 때문이다. 이렇게 글은 다른 생각을 가진 이들을 서로 이해하게 하고, 하나의 공동체로 묶어 주기도 한다.

한 가지 고백하자면, 교환일기 덕분에 나는 결혼도 하게 되었다. 대학교 4학년 시절, 도서관에서 임용고시를 준비하느라 집에 가기를 포기하며 지냈다. 공부하기에도 모자란 시간에 우연히 한 사람을 알게 되었다. 바로 지금의 아내다. 그러나 연애를 하기에는 현실이 녹록지 않았고, 서로 떨어져 있는 것이 힘들어 선택한 것이 교환일기였다. 지금도 집에 소중히 보관하고 있다. 마음을 솔직하게 드러내는 힘을 지닌 일기가 서로의 마음을 알게 해준 것이다.

교환일기는 부모와 자식의 마음을 하나로 이어주기도 한다. 바쁜 일상을 살아가는 가족들은 서로의 마음을 모르고 지낼 때가 많다. 이러한 상황은 언젠가 폭탄처럼 터지곤 한다. 서로를 모른 채 서로를 알고 있는 척하며 살아가는 가족. 우리 가족도 예외는 아니다. 중학교 3학년인 딸의 마음을 이해하기 힘들 때가 많다. 그래서 가족 일기 쓰기를 제안했다. 아쉽게도 아내는 아이와 함께 쓰는 가족 교환일기를 찬성하지 않았다. 그래서 일단 나와 딸이 먼저 시작했다. 언젠가 아내도 함께 쓰고 싶어 하지 않을까 하는 기대를 해본다.

일기 쓰기에서 중요한 것은 과정이지, 목표나 결과가 아니다.

일기 쓰기는 자유를 가져다주며, 결코 제약을 가하지 않는다.

일기 쓰기는 또한 내면의 비평가나 판사를 쫓아낼 수 있는 공간이다.

내가 어떻게 쓰고 무엇을 쓰느냐는 나 이외의 그 누구에게도 중요치 않다.

나는 오로지 스스로 즐기기 위해 쓰고 있다.

만세!

–『일기, 나를 찾아가는 첫걸음』, 스테파티 도우릭 지음, 조미현 옮김, 간장, 2011

박찬호 함께 책을 읽고 토론하고 글을 쓰며 세상의 중심에서 자신의 참모습을 발견하는 것이 진정한 교육이라고 믿으며 16년간 고등학교에서 문학과 글쓰기를 가르치고 있다. 한 권의 책을 읽고 서평을 쓰는 숭례문학당의 '서평 독서토론' 모임 참여를 계기로 고등학생들의 독서토론 모임 '숭실북포럼'을 운영하고 있으며, 전국 토론대회 심사위원, 은평구 토론대회 심사위원으로도 활동하고 있다.

더불어 책,
더불어 삶

김한영

나는 밤마다 할머니에게 옛날이야기를 해달라며 끈질기게 조르던 아이였다. 그러다가 집에 TV가 놓이자 그 안에서 벌어지는 온갖 흥미진진한 이야기에 넋을 잃었다. 문자를 깨친 이후에는 '책'이라는 매혹적인 신세계에 빠졌다. 읽은 책 내용을 친구들에게 들려주며 우쭐했고, 그 재미에 더 열심히 읽었다. 손에서 떼지 못할 만큼 재밌는 책은 걸으면서도 읽었다.

나는 자타 공인 '문자 중독자'였다. 감옥에 가도 책만 읽을 수 있다면 행복할 것 같았다. 사방이 책으로 둘러싸인 서재를 가진 '작가'나 '시인'이 되고 싶었다. 그런 공간만 있다면 국어 선생님이나 책방 주인이 되어도 괜찮지 싶었다.

자부심에 상처를 입고 멀어진 글쓰기

고등학교 때는 교내 독서토론 동아리 활동을 열정적으로 하며 교지를 편집하는 일도 겸했다. 학교에서 나는 '책 많이 읽는 아이', '글도 좀 쓰는 아이'로 통했다. 남녀공학을 다니던 나는 친구들의 연애편지를 대신 써주거나, 맞춤법이 엉망인 편지를 고쳐주기도 했다. 민태원의 『청춘예찬』을 읽고 써 낸 내 글을 보고 국어 선생님이 흡족한 표정으로 "넌 커서 틀림없이 작가가 되겠구나"라고 하셨을 때는 하늘에 날아오를 듯이 기뻤다.

그러던 어느 날, 조회 시간에 교내 백일장의 입상자가 발표됐다. 야심만만하게 글을 써내고 내심 장원을 기대했던 나 대신 평소 조용하던 친구의 이름이 호명됐다. 끝내 내 이름은 불리지 않았고 몇몇 아이들은 나를 보며 수군댔다. 애써 태연한 척했지만 얼굴이 화끈거리고 두 다리가 후들거려 할 수만 있다면 당장 운동장에서 사라지고 싶었다.

입상한 친구는 내게 미안해했고 나는 웃으며 아무렇지 않은 척 축하해줬다. 그러나 사실은 내가 아닌 친구가 장원을 했다는 사실을 인정하기 싫었고, 장원은커녕 입상조차 하지 못한 내가 수치스러웠다. 치기 어린 자의식과 오만으로 가득 찼던 나는 그 일로 글쓰기에 대한 자신감과 흥미를 완전히 잃어버렸다.

대학 입시를 앞두고 받은 진로적성 검사에서 문이과 적성이 비슷하다는 결과가 나오자 초등학교 교사였던 아버지는 내게 법대를 권하셨다. 법관은 이루지 못한 아버지의 평생 꿈이었다. 조숙했던 나는 모순투성이인 인간이 법을 도구로 타인을 재단하고 단죄하는 행위 자체가 '어불성설이라 여겼다. '법학' 자체도 싫었지만 암기식 교육이 지긋지긋했던 나는 두꺼운 법전을 달달 외워 '사법고시'를 봐야 한다는 것이 더 두렵고 끔찍했다.

내심 국문과를 꿈꿨지만 교내 백일장에서도 떨어진 실력으로 가서 잘 할 자신이 없었다. 겁 많고 소심하고 자신에게도 솔직하지 못했던 나는 아버지의 버거운 기대에 엇박자를 놓으며 이과를 고집했다. 대학에 와서 실수였다는 것을 깨달았으나 전과(국문과로)는 불가능했고 수능을 다시 볼 배짱도 없었다. 그렇게 전공 대신 동아리 활동에 영혼을 팔며 젊음을 소진했다. 잘못된 진로 선택으로 내 삶은 겉돌고 있었다.

늘 책을 읽고 독서토론을 했던 시절

대학 졸업 후 수학 강사를 하다가 학원을 열게 된 나는 주입식 교육 대신 학생들이 묻고 답하는 수업을 하려 노력했다. 그러나 빠른 문제풀이에 익숙해진 아이들은 몇 줄도 채 안 되는 지시문의 의미 파악도 어려워했다. 이것은 학생들이 책을 읽어야 해결될 문제였다. 과도한 사교육에 치여 의욕을 잃은 아이들, 학원 다니기에 바빠 책 한 권조차 읽을 여유가 없는 아이들이 안타까웠다.

이후 아이들에게 책 읽는 즐거움을 느끼게 해주고 싶어 학원에 대형 책장을 들이고 깐깐하게 고른 책(수학, 과학, 역사 관련 소설과 만화책 등)을 대량 구입했다. 아이들은 수업이 끝나면 책을 몇 권씩 빌려 갔다. 그 재미로 학원에 오는 아이도 있었다.

나는 큰 아이가 다니던 초등학교 도서관에서 도서 도우미 봉사 활동을 하다가 만난 인연들과 모임을 꾸려 매주 한 번씩 그림책으로 독서토론을 시작했다. 커 가는 아이들의 눈높이에 맞춰 모임에서 읽는 책 수준을 높여 가며 엄마들도 아이들과 함께 배우고 성장했다. 책으로 가득한 가방에 검은 뿔테 안경과 헌팅캡을 쓰고 카페에서 토론을 하면 혹시 작가분 아니냐는 질문을 받곤 했다. 작품은 없는데 풍모로는 중견 작가였다.

평소 나는 블로그와 SNS 공간에 책과 시를 소개하는 글을 올리는데, 그것을 본 지인들은 내게 "당신 글에는 힘이 있다"며 본격적으로 글을 써보는 것이 어떻겠냐고 권유했다. 지난 일의 트라우마 때문이었을까? 그동안 문인들의 강연을 열심히 찾아 들으면서도 진지하게 글쓰기를 배울 생각은 하지 않았다. '좋아하는 일을 직업으로 삼으면 고달파', '눈 밝은 고급

문학 애호가로 남아 즐기자'와 같은 구차한 변명들만 늘어놓으며 외면하고 있었다.

시 편지 쓰기와 아름다운 문학 애호가

폭염이 기승을 부리던 2년 전 여름, 논산 훈련소에 입소한 가냘픈 체구의 큰아이 걱정에 훈련 기간 내내 매일 두세 통의 시 편지를 써 보냈다. 사춘기에 알게 모르게 상처 줬던 일에 대한 사죄의 마음도 함께 담았다. 연애편지 같은 시 편지를 매일 몰입해 쓰다 보니 글쓰기의 즐거움과 더불어 내 마음이 치유되는 것 같았다.

어느 날 아이로부터 지렁이 같은 필체로 두 장 꽉 채워 쓴 군 편지가 도착했다. 엄마의 시 편지를 읽다가 울었다는 대목에선 나도 울었고, 하루에도 몇 번씩 꺼내 읽고 있으며 편지를 못 받는 동료들과 엄마의 편지를 돌려 읽고 있다는 대목에선 가슴이 찡했다. 간절함과 진심이 담긴 글은 사람의 마음을 움직인다는 걸 아들을 통해 깨달은 순간이었다.

그렇게 시 편지를 열심히 쓰던 중 1,000편이 넘는 시를 암송한다는 문길섭 선생님의 사연을 신문에서 접했다. 돈도 명예도 안 되는 '외우고 싶은 명시名詩 50편' 나누기를 사재를 털어 묵묵히 실천하시는 모습에 크게 감명받아 선생님이 운영하시는 '시 암송 국민운동본부'에 소액이나마 후원하고 싶다고 연락을 드렸다. 그리고 교도소에 있는 재소자들에게 명시 카드를 보내면 좋겠다는 제안도 드렸다.

선생님은 정갈한 필체로 쓴 손 편지와 '명시 암송 카드'를 수십 부 보내주셨다. 오랜 시간 활동했지만 이런 경우는 처음이라며 덕분에 큰 위안과 힘을 얻었다고 행복해하셨다. 어느 날은 직접 쓰신 시 에세이집을 보내주시겠다며 독서토론 모임 회원 명단을 달라고 하셨다. 친필 서명을 담아 보내주신 시 칼럼집 『흔들릴 때마다 시를 외웠다』(비전과리더십, 2016)는 감동 그 자체였다. 선생님의 담백하고 정갈한 글과 주옥같은 50여 편의 명시들이 어우러진 보물창고였다.

그런데 책을 읽다 보니 놀랍게도 나와의 인연이 '아름다운 문학 애호가'라는 타이틀로 한 꼭지 실려 있는 게 아닌가! 책에 쓰인 '김한영'이란 이름을 보며 내가 '문학 애호가'라는 말을 들을 자격이 있나 부끄럽기도 하고 작은 인연을 귀히 여겨주신 마음에 감사하기도 했다. 시 에세이집을 읽으니 애써 외면하고 있던 꿈이 다시 솟구쳤다. 문학 애호가도 좋지만 나도 선생님처럼 힘든 사람을 위로해주는 감동적인 책을 쓰고 싶었다.

망막 수술 후 처음 시작한 글쓰기 공부

어느 날 신문의 글씨가 안 보여 찾아간 안과에서 망막 손상이 심해 실명 직전이란 진단을 받았다. 책을 다시 못 볼지도 모른다는 생각에 두려움에 떨며 4시간이 넘는 대수술을 받았다. 수술 후, 책 읽어주는 라디오와 팟캐스트에 의지하며 견뎠지만 책 없이는 여행, 공연 관람, 맛집 순례, 쇼핑도 다 무의미하고 시들했다. 흘려버린 지난 시간이 뼈저리게 아쉬웠다.

생기를 잃고 무기력의 늪에서 방황하다 다시 펼친 문길섭 선생님의 책에서 「지푸라기」란 시가 눈에 들어왔다. 내가 꼭 만신창이가 되어 들판에 버려진 쓸모없는 지푸라기가 된 심정이었는데 시에서는 역설적으로 '그러나'를 얘기하고 있었다. '그러나'는 내게 '그럼에도 불구하고'로 읽혔다. 나도 누군가에게 보금자리와 새끼줄 같은 사람이 되고 싶었다.

> 낟알을 다 뜯기고 만신창이로
>
> 들판에 버려진 지푸라기, 그러나
>
> 새의 부리에 물리면 보금자리가 되고
>
> 농부의 손에 잡히면 새끼줄이 된다
>
> – 임보, 「지푸라기」

그렇게 마음을 추스르던 중 인터넷 매체 〈1boon〉에 실린 서울문화재단 대표 주철환의 인터뷰가 떠올랐다. 자녀에게 통장 대신 직접 쓴 책 한 권을 유산으로 남기라는 그의 말이 다시 나를 강하게 두드렸다. '그래! 글쓰기를 공부하고 책 쓰기에 도전해보자.' 그리고 즉시 글쓰기 입문 강좌를 신청했고 신세계를 만났다. 가르치는 자이면서도 다시 스승을 찾아 끊임없이 배우는 강사의 열정적인 자세와 태도에 전염된 나는 열린 마음으로 수업을 듣고 배운 대로 즉시 실천했다.

절박함이 나를 간절하게 했고 실천하게 했으며 다른 사람으로 변화시켰다. 그리고 글쓰기에 대한 확신을 가지게 했다. 여섯 번의 글쓰기 수업을 듣는다고 글쓰기 실력이 갑자기 비약적으로 늘지는 않는다. 하지만 글쓰기에 필요한 가장 기본적이고 핵심적인 (방법과 기술) 내용은 모두 배울 수 있다.

그다음에 필요한 건 즉각적인 실천과 지속적인 노력뿐이다. 책에 밑줄을 그어가며 핵심 내용을 발췌하고, 매일 15분씩 쓴 조악한 초고를 다듬어 고치고 줄여가며 A4 용지 한 장 분량 안에 기승전결이 담길 수 있도록 요약과 퇴고를 거듭했다.

습관적으로 읽어온 신문의 칼럼을 핵심 키워드에 밑줄을 그어가며 비판적으로 읽으려 애썼다. 추천받은 필사 책을 구입해 또박또박 손 글씨를 쓰고 단상을 덧붙였다. 눈으로만 보는 것과 밑줄을 그으며 발췌하는 것, 한 글자 한 글자 정성 들여 손 글씨를 쓰며 낭독한 후 내 생각을 정리한 글을 덧붙이는 것

중 무엇이 가장 효과적일지는 자명하다.

수업을 듣기 전에는 처음부터 완벽한 문장으로 쓰려는 욕심에 한 문장 쓰고 고치느라 글쓰기가 부담스러웠고, 퇴고의 중요성도 알지 못했다. 그러나 매일 실천한 초고 쓰기를 바탕으로 한 요약과 퇴고 훈련 덕분에 나쁜 습관에서 빠르게 벗어날 수 있었다. 핵심 키워드를 정리한 후 글을 쓰니 훨씬 수월했다. 선생님의 예리한 첨삭을 통해 근거와 논리가 부족하고 주관에 치우친 내 글의 단점을 깨닫고 조금씩 고쳐 나갈 수 있었다.

"귀한 우리, 함께 잘 살자"

강의는 끝났지만 내 글쓰기는 다시 시작이다. 방법은 누구나 배울 수 있지만 문제는 실천이다. 누구도 나를 대신해 줄 수 없다. '언젠가'는 하고 생각만 하면 결코 '다음에'는 없다. "하늘은 스스로 돕는 자를 돕는다." 글쓰기 입문 수업 과정에서 내가 뼈저리게 느끼고 배운 것이다. 읽고 토론하고 쓰는 순간들이 눈물 나게 소중하고 감사하다.

몰입해서 읽고 쓰는 과정이 나를 생생하게 깨어 있게 한다. 글을 완성 후 느끼는 작은 성취감과 쾌감이 나를 행복하게 한다. 눈 건강이 허락되는 그날까지 여한 없이 읽고 쓸 것이다. 온 세상이 '너는 재능이 없어. 글쓰기는 안 돼!'라고 외쳐도 멈추지 않을 것이다. 독서 코칭과 글쓰기 실력을 쌓아 '배워서 남 주자'는 정신으로 널리 나눌 것이다. 조계사의 세월호 생명평화 법당에서 간절히 절을 올리며 했던 다짐 "약속합니다. 잊지 않고 희생을 값지게, 일상을 헌신적으로 활발히 살겠습니다"를 실천할 것이다.

언젠가는 나만이 쓸 수 있는 시 에세이집과 약자와 소수자의 고통과 입장을 생생하게 대변하고 고발하는 현장 르포집을 쓰고 싶다. 그리고 동학 공부 모임에서 배운 조상들의 유무상자有無相資의 고귀한 정신을 본받아 '귀한 우리 함께 잘 살자', '더불어 책, 더불어 삶'을 내 삶에서 실천할 것이다.

김한영 아이들 초등학교 시절에 도서관 도서도우미 활동을 하며 만난 인연들과 15년 가까이 독서토론 모임을 이어오고 있다. 평생 읽기만 하다가 뒤늦게 글쓰기의 매력에 흠뻑 빠졌다. 전직은 수학학원 강사, 남은 삶은 독서 코칭 전문가가 되어 책과 토론, 글쓰기로 세상과 뜨겁게 소통하기를 꿈꾼다.

기록하는 자만이 흔적을 남긴다

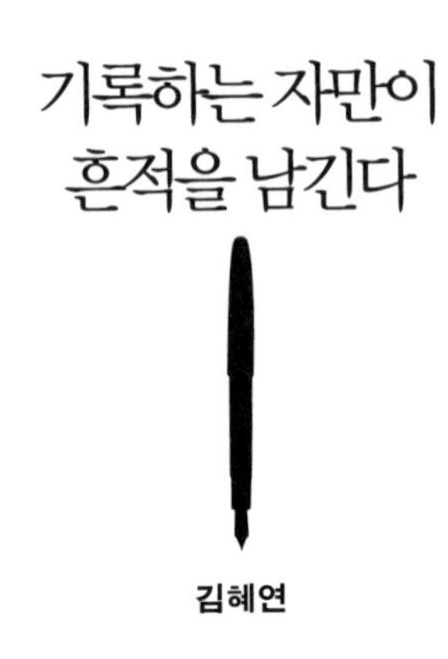

김혜연

마감일이다. 글 마감일! 아침부터 예민하다. 이미 초고를 쓴 상태라 오후에 잠깐 시간을 내면 되지만 온종일 신경 쓰인다. 그 중압감 때문에 10분이면 할 설거지를 미루고, 전화도 받지 않는다. 이건, 마지막 순간까지 끝없는 노동이다. 초조하게 썼다 지웠다를 반복하며 시간을 보고 탄식한다. "나에게 하루만 더 있었으면!" 괴롭다. 왜 쓴다고 했지? 마감 10분 전, 과욕은 금지다. 새로운 생각 담기를 멈추고 인쇄 버튼을 누른다. 낭독을 하며 오타와 비문을 고친다. 메일 발송 버튼을 누를 때면 답을 다 쓰지 못한 채 답안지를 뺏기는 심정이다. 그러나 한편의 글을 완성했다는 만족감과 함께 쾌감도 올라온다.

글 마감은 매번 힘겹다. 『글쓰기의 전략』(정희모·이재성 지음, 들녘, 2005)에서도 "글쓰기는 순전히 노동으로 이루어진다. 직접 글을 쓰는 것도 그렇지만 이를 준비하는 것도 노동이다. 그뿐만 아니라 좋은 글을 쓰기 위한 학습도 당연 고된 노동이다"라고 이야기한다. 난 전업 작가도, 아마추어 작가도 아니다. 그러니 글을 쓴다고 돈이 나오는 것도, 명성을 얻는 것도 아니다. 최근 나는 서평 쓰기 훈련을 위해 강좌를 듣는다. 다른 재미있는 일도 많은데 왜 이런 중노동을 선택했을까?

맞춤법이 어려웠던 아이

가을님!

어머니께서 밖에 나가재요.
새 옷을 사주신다고요.

새 옷이란 기쁨에
언니에게 복수의 기회에.

가을을 샀어요.
긴팔 옷을요.

-「새 옷」

내가 11살에 쓴 시다. 나에게 새 옷은 '복수'이고 '기쁨'이었나보다. 항상 언니가 입던 옷을 물려받아 원망하는 마음이 엿보인다. 글은 나이와 무관하게 자신을 표현하는 가장 강력한 도구다. 누군가는 음악, 춤, 그림으로 자신을 표현하기도 하지만, 다른 재능이 전혀 없는 나에게는 '글쓰기'뿐이다.

글쓰기란 친구를 만난 건 맞춤법을 늦게 익힌 덕분이다. 수능시험에서 수리영역은 반타작이었으나 언어영역이 거의 만점이었던 탓에 겨우 대학을 갈 수 있었다. 지금은 학창 시절 가장 자신 있던 과목은 국어라고 망설임 없이 말하지만 이런 나에게도 흑역사가 있다. 초등학교 2학년이 넘도록 맞춤법을 깨우치지 못했다. 내 받아쓰기 점수는 항상 20~30점이었고, 보다 못한 아빠는 나를 글짓기 학원에 보냈다. 맞춤법도 제대로 몰랐으니 원고지에 글씨를 채우기란 고통 그 자체였다.

커가면서 나는 점점 모든 학원을 거부하며 부모님께 반항했다. 당시 『행복은 성적순이 아니잖아요』라는 책이 인기였다. 이 책에 나오는 대사를 빌리기도 하고 때로는 '학원은 공부 못하는 애들이나 다니는 곳'이라는 억지 주장을 펼치기도 했다. 덕분에 다른 친구들은 고학년이 되면서 점점 더 많은 학원에 다닐 때, 나는 신나게 놀 수 있었다.

그런데 초등학교를 졸업할 때까지 계속 다닌 학원이 있었으니 처음에는 죽기보다 다니기 싫었던 바로 그 '글짓기 학원'이다. 이제 좀 그만 다니라는 부모님의 만류에도 학원비를 받아 내며 사수했다. 글쓰기에 점점 재미를 느꼈기 때문이다. 여기서 나는 다시 '왜'라는 질문과 마주한다. 왜 좋아했을까?

초등학교 2학년 때, 학구열이 남달랐던 아빠의 결단으로 나는 8학군으로 이사를 갔다. 그 전에는 집 앞 골목에서 또래 친구들과 얼굴이 새까맣게 될 때까지 신나게 놀곤 했었다. 부모님이 운영하는 가게와 집이 한 건물에 있어서 보살핌도 충분히 받았다. 그러나 이사 후에는 모든 것이 달라졌다. 새로운 동네는 삭막하게 느껴졌다. 부모님은 일터가 멀어져 밤 10시가 넘어야 집에 오셨고, 3살, 5살 터울의 언니, 오빠도 수업이 늦게 끝나서 나 혼자 있는 시간이 많아졌다. 게다가 집안 형편이 아주 넉넉한 학교 친구들과 나는 옷차림부터 달랐다. 낯선 학교, 골목이 부재한 동네, 가정환경의 차이에서 오는 위화감에 난 외롭고 수줍은 아이가 되었다.

원래 난 수줍은 아이가 아니었다. 엄마가 항상 가까이 있던 시절에는 학교를 마치고 돌아오면 엄마 뒤를 졸졸 따라다니며 이야기를 쏟아냈다. 난 과묵했던 언니, 오빠와는 확연히 달랐다. 내 이야기 때문에 엄마는 우리 반 친구들의 얼굴을 보지 않고도 다 알 정도였고, 이런 나를 감당하지 못해서 핀잔을 주기도 했다.

하지만 이사 간 후에는 내 이야기를 들어줄 사람이 없었다.

그러나 원고지는 달랐다. 반듯한 네모들은 나란히 서서 참을성 있게 내 이야기를 기다려주었다. 학교에서 있었던 일도 쓰고, 이야기도 마음껏 지어냈다. 원고지는 느리게 채워나가도, 또는 촉새처럼 빠르게 써도 나를 나무라지 않았다. '글쓰기'라는 좋은 친구를 만난 건 내 인생 최고의 행운이 아닐 수 없다.

글쓰기에 중독되다

난 특별히 영특한 아이는 아니었다. 하지만 9살 때부터 차곡차곡 쌓여가는 원고지와 함께 '글자'에 익숙해졌고, 점점 책을 좋아하는 아이로 자랐다. 거실, 안방, 오빠 방을 오가며 책을 하나씩 삼키기 시작했는데, 분야도 난이도도 상관없었다. 부모님은 항상 늦게 돌아오셨기에 무엇을 읽을지는 스스로 선택했다. 요즘 아이들처럼 발달 단계별 세심한 독서교육 같은 건 없었다. 어느 날 아빠는 수백 권의 책을 한꺼번에 사오셨는데, 묶음 판매였는지 책은 고를 수가 없었나 보다. 고전과 명저도 있었지만, 입에 담기 어려울 만큼 민망한 책도 있었다. 그 수많은 책 사이를 오가며 세상을 배워나갔다. 그러면서 '이 두 책은 같은 문제에 대해 다르게 서술하고 있다'와 같은 평가도 내릴 수 있게 되었다.

한편, 같은 경험도 다르게 기록될 수 있다는 건 '일기'를 통해 배웠다. 방학이 끝나고 개학이 다가오면 항상 밀린 일기를 쓰기 위해 언니의 일기장을 훔쳐봤다. 먼저 그날의 날씨를 베끼고, 내용을 훑어보며 일기에 쓸 소재를 찾았다. 그런데 언니의 일기 내용이 이상했다. 나와 함께 겪었던 일들이 내 기억과는 전혀 다르게 기술되어 있었다. 무엇을 적고, 적지 않을지에 대한 선택 혹은 감정을 얼마나 잘 표현했는지에 따라 현실은 각색되어 있었다. 나는 왠지 모르게 억울했다. 그때부터 언니보다 더 설득력 있게 내 입장을 표현하겠다며 열심히 일기를 썼다. 기록한 자만이 세상에 흔적을 남길 수 있다는 것을 깨달은 순간이었다. 일기로 내 역사를 정확히 기록한 것이 아마도 최초의 투쟁적 글쓰기가 아니었을까? 난 지금도 일기 쓰기를 좋아하는 편이다.

학창 시절 글쓰기에 대한 특별한 기억 중 하나는 바로 PC통신 문학 동호회다. 종종 불안정하게 끊기기도 했던 화면 속에서 새로운 이야기를 만났다. 그 재미는 통제할 수 없을 정도로 중독성이 강했다. 장시간 PC통신에 접속해 10만 원이 훌쩍 넘는 전화비와 밤에 잠을 자지 않는다는 이유로 부모님께 많이 혼나기도 했다. 처음에는 누군가가 올린 습작 소설, 시, 에세이 같은 것을 읽고 소감을 남겼다. 그러다가 나도 소설을 써서 올려야겠다는 욕구가 솟구쳤고, 중학생 소녀와 대학생의 이루어질 수 없는 사랑 이야기를 써서 올리기 시작했다. '슬프도록 아름다운!'이라는 조금은 유치한 제목의 소설이었다. 그리고 다음 이야기가 궁금하다는 반응과 각 인물의 행동을 분석하는 사람들의 댓글은 날 설레게 했다.

지금까지 누구에게도 말한 적 없는 이 유치한 소설은 강렬한 글쓰기 욕구에 대한 첫 기억으로 남아 있다. 당시 소설 작법을 전혀 몰라 이름을 바꾼 것 외에는 모두 나의 실제 이야기였다. 내가 고등학생인 줄 알고 짝사랑했다는 독서실 오빠의 고백, 하지만 중학생과는 연애할 수 없다며, '조금만 더 일찍 태어나지'라는 멘트로 나를 순식간에 비련의 주인공으로 만든 유치한 연애 사건! 우스운 해프닝이지만 그 순간만큼은 정말 심각했다.

'사랑과 나이 차'라는 문제의식을 가지고 소설이라는 장르에 숨어서 내 질문을 세상에 던졌고, 사람들이 보여준 반응을 통해 답을 얻었다. 잘 쓰고 못 쓰고는 중요하지 않았다. 누구에게도 털어놓을 수 없는 이야기를 글로 써서 세상에 보여줬기에 얻은 대답이었다. 글이란 도구를 가졌기에 받은 선물! 글의 힘을 다시 한번 느낄 수 있었다.

세상의 질문에 지금 답하기

직장 생활 12년 차가 되던 해의 어느 날 아침, 거울 속 나를 한

참 바라보았다. 마치 퓨즈가 끊어진 전구 같았다. 눈물이 났다. 아무리 전기를 넣어도 다시는 불이 들어올 수 없어 버려야 하는 전구. 결국, 병가를 냈다. 몸은 치료하고, 충분한 휴식을 취하면 건강해진다. 그런데 마음은 어떻게 치료해야 할까? 무엇이 약이 될까? 머리로 생각하기 전에 마음이 먼저 본능적으로 알아챘다. 나는 자연스럽게 글을 쓸 수 있는 공간을, 함께 쓸 친구를, 글을 가르쳐줄 스승을 찾기 시작했다.

그랬다. 어린 시절 꿈은 언제나 '글'과 관련된 직업이었다. 스물다섯 살, 첫 직장에 입사하면서도 그곳은 잠시 머물러 가는 곳이라고만 생각했다. 하지만 서른 중반을 넘기고도 난 같은 자리에 있었다. 창의성 대신 정확성이 요구되는 지루한 직장 생활이었다.

입사 7년 차쯤에는 홍보 부서로 옮겼고, 몇 년 뒤에는 송무부로 이동했다. 이런 업무를 하면서 글 하나는 원 없이 썼다. 그런데 쓰면 쓸수록 허기졌다. 아니, 쓰기가 지겨워졌다. 동시에 읽기도 지겨웠다. 그렇게 좋아하던 책을 일 년 동안 고작 열 손가락으로 셀 수 있을 만큼 겨우 읽었다. 스트레스는 영화나 콘서트 관람, 먹고 마시기 등 단발적인 즐거움을 주는 것들로 풀었다. 그리고 계속되는 무력감에 틈만 나면 잠을 잤다.

회사에서의 글쓰기는 어린 시절의 그것과 달랐다. 이건 내 글이 아니었다. 회사의 입장을 대신 적는 '기계'적인 글일 뿐.

내 입장과 생각을 담아서는 안 됐다. 바쁜 일과 속에서 잠깐 짬을 내어 SNS에 단문의 글을 쏟아내곤 했지만 허무한 글쓰기였다. 몇 달 뒤, 내가 남긴 흔적을 보니 너무 낯설었다. 배설물 같았다. 왜 이런 글을 썼지? 내가 썼다고 해서 다 내 생각이 아닐 수 있다는 것을 그때 알았다.

순간 반짝 떠오르는 생각은 출발점일 뿐이다. 진지하게 쓰기의 고통을 겪어야만 내 생각을 제대로 담을 수 있는 것 아닐까? 글로 쓰지 않은 생각과 감정은 모두 휘발된다. 글 쓰는 과정을 거쳐야만 '나'는 명료해진다. 어릴 적 행운처럼 찾아온 글쓰기에 대한 욕구, 그것을 잊고 살았으니 나는 그간 죽어 있던 것이나 다름없었다.

다시 글쓰기를 일상으로 가지고 왔다. 일기, 여행 후기, 책 읽고 쓰기, 영화·공연·운동 등 다양한 외부 활동 후 단상 남기기 등 글로 남길 소재는 차고 넘쳤다. 그리고 글을 쓰면서 점점 마음속이 채워져 가는 것을 느꼈다. 만약, 당신이 쓰지 않고도 살 수 있다면 안 써도 된다. 하지만 다양한 만남과 활동 뒤에도 여전히 허전하고 외롭다면 글쓰기가 필요할지도 모른다. 잘 써서 쓰는 것이 아니다. 좋은 작품을 남기려고 쓰는 것도 아니다. 다니카와 슌타로도 『이십억 광년의 고독』(김응교 옮김, 문학과지성사, 2009)에서 "한편의 시는 작가 의식이 있는가 없는가와 상관없이 '쓰고 싶다'에서 출발해서 '쓰지 않으면 안

된다'를 통해 완성된다"라고 했다.

최근 나는 서평 쓰기와 마감이 있는 글쓰기를 시작했다. 가끔 마감은 내가 아직 생각을 마무리하지 못했는데 빨리 답을 내라고 강압하는 것처럼 느껴지기도 한다. 그럼에도 언제나 글은 '현재의 나'를 반영한다는 점을 생각하면 이보다 더 좋은 글쓰기는 없다. 이런 글은 그동안 블로그와 같은 개인 공간에 올리던 글과는 확연히 다르다. 다른 사람도 쉽게 이해할 수 있는 형식 안에서 나에게 분명한 입장을 취할 것을 요구한다. 마감도 마찬가지다. 세상이 묻는 질문에 기한 내에 답해야 한다. 회피하거나 유보할 수 없다. 현재 나의 글이 다소 못마땅해도 어쩔 수 없다. 그게 바로 나니까. 이런 글쓰기는 괴롭지만 즐겁다. 세상이 던지는 질문에 나만의 방식으로 답하며, 나를 알아가는 글쓰기는 앞으로도 계속될 것이다.

김혜연 12년 차 직장인. 긴 성인 사춘기를 '뛰고, 읽고, 쓰며' 이겨냈다. 특히, 나시 깨어난 글쓰기 세포로 하루하루가 즐겁고도 괴롭다. 먼 훗날 천진난만한 글쟁이 할머니로 늙고 싶다. 조금 더 욕심을 내서 한 가지 꿈을 더 보태자면, 서평가로 세상과 소통하고 싶다. 그리고 앞으로도 계속 글을 쓸 수 있는 시간과 공간을 얻기 위해 투쟁하며 살 것이다.

글쓰기로 즐기는 욜로 라이프

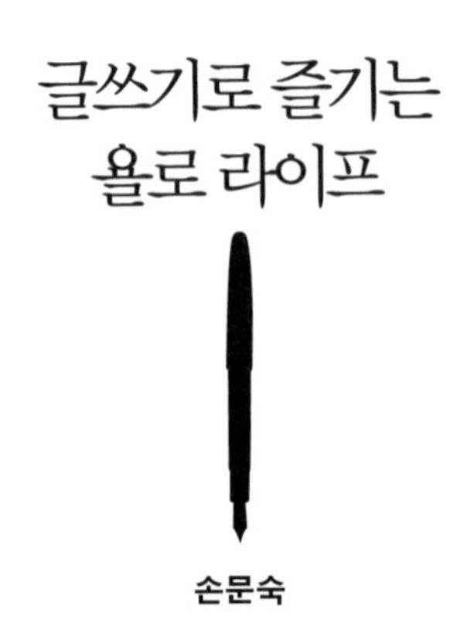

손문숙

나의 보물 1호는 항상 일기장이었다. 초등학교 3학년 때부터 26살까지 매일 써온 일기장이 100여 권이다. 초등학교에 다닌 6년 동안 일기상을 한 번도 놓쳐본 적이 없을 정도로 일기 쓰기는 내 인생의 전부였다. 하지만 결혼할 때 친정에 두고 온 일기장을 어머니가 이사하면서 실수로 버리는 바람에 지금은 대학 시절과 직장 생활 초기에 쓴 일기장 2권만 남아 있다. 학창 시절과 청춘을 지나는 길목에서 나는 매일 일기를 쓰면서 하고 싶은 말들을 글로 풀어냈던 것 같다. 일기를 꾸준히 쓴 덕분에 또래들보다 생각이 많이 다듬어졌고 문장도 좋아졌다. 그러나 26살 때까지 이어진 일기 쓰기는 직장 생활이 바빠지면서 중단되었다.

100세 시대에 인생의 절반을 앞둔 40대 후반에 들어서면서 문득 '나'를 찾고 싶었다. 그리고 자서전에 나의 인생을 기록해야겠다고 생각해 인터넷으로 글쓰기 강좌를 알아보다가 우연히 글쓰기 입문 수업을 듣게 되었다.

강의 내용 중 가장 기억에 남는 것은 '무작정 써보기'였다. 잔잔한 음악을 틀어놓고 20분 동안 강사가 제시한 주제에 대해 생각나는 대로 글을 써보는 시간이었다. 살면서 업무적인 글 외에 나만을 위한 글을 써볼 기회가 없었다. 막상 글을 쓰려고 하면 잘 써야 한다는 압박감에 시도조차 하기 어려웠다. 따라서 무작정 글을 써보라는 것 자체가 낯설었다. 강사는 "일단 초고를 쓰세요. 어떤 얘기든 좋아요. 끝까지 내려가 마침표를 찍으세요. 고치지 말고, 써내려가세요!"라며 우리를 격려해 주었다. 그 말에 용기를 내어 열심히 썼던 생각이 난다. 그때의 특별한 경험이 종강 후에도 계속 글을 쓸 수 있는 원동력이 되었다.

> 독자들이 기다리는 글은 이런 일상의 이야기입니다. 누군가의 글을 통해 삶의 다양한 면을 보고 싶은 거죠. 그걸 글로 표현하는 사람들이 작가입니다.
>
> -『첫 문장의 두려움을 없애라』, 김민영 지음, 청림출판, 2011

100일간의 글쓰기로 '글 쓰는 근육'이 생기다

글쓰기를 시작한 이후 블로그에 일기와 독후감, 서평, 독서토론 후기, 칼럼 등 종류를 가리지 않고 쓰기 시작했다. 그러나 바쁜 일상에서 매일 글을 쓰기란 쉽지 않았다. 게다가 의무적으로 써내야 하는 것도 아니기에 지속하기가 어려웠다.

매일 글 쓰는 습관을 기르고 싶었던 나는 '100일 글쓰기' 과정에 참여했다. 매일 자정까지 코치가 제시한 글감이나, 본인이 정한 글감으로 원고지 7~10매 정도의 글을 써서 올려야 했다. 글을 써서 올릴 때마다 함께 참여한 동료들과 블로그 이웃들이 달아주는 공감의 댓글에 더욱 신이 나고 힘이 되었다.

100일 글쓰기 프로그램에는 회사원, 공무원, 가정주부, 학원 강사 등 다양한 직업을 가진 사람들이 참여했다. 그들의 글을 읽어보면 야근, 가족 행사 같은 예기치 않은 변수 때문에 글 쓰는 데 어려움을 겪었다고 했다. 나도 독서토론 스터디와 서평 과제 제출 등 여러 일이 겹치다 보니 글을 쓰기 어려운 상황에 처한 적이 있었지만, 하루도 걸러서는 안 된다고 스스로 채찍질하며 마감 시간 안에 어떻게든 글을 올렸다. 누가 시켜서가 아니라 자신과의 약속을 지키기 위해서였다.

정해진 글감으로 글을 쓰다 보니 개인적인 이야기에만 치우치지 않고 일상과 사유를 연계해 쓸 수 있어서 좋았다. 무엇보다 평소 내 생각을 글로 정리할 수 있는 기회를 얻은 것이 가장 좋았다. 생각이 차곡차곡 쌓여가는 블로그가 이제는 일기장을 대신해 나의 보물 1호가 되었다.

나는 '100일 글쓰기'를 무사히 끝낸 자신이 기특해서 '정말 수고했다'고 토닥여주고 싶었다. 100일 동안 얼굴도 모르는 나와 글로 소통하고 격려해준 글쓰기 동료들도 고마웠다. 내 글을 쓰느라 바빠서 다른 사람들의 글을 많이 못 읽었는데, 몇몇 동료들은 매일 다른 사람의 글을 읽고 댓글로 공감하고 격려해주었다. 얼굴도 모르는 사람들과 글로 교감한 아름다운 기억이 될 것이다.

> 아무도 봐주지 않을 것 같은 내 글이 누군가의 가슴을 두드렸다는 이 황홀한 경험은, 단 한 단락도 진행하지 못하던 글을 두세 장씩 써내려가게 하는 원동력입니다.
>
> -『첫 문장의 두려움을 없애라』

나의 인생 프로젝트, '100일 글쓰기'가 끝이 났다. 100일간의 글쓰기 덕분에 '글 쓰는 근육'이 어느 정도 생긴 것 같다. 이제는 1000일까지 계속 쓸 수 있겠다는 자신감이 붙었다. 습관을 기르는 데 100이라는 숫자는 중요하다. 『이기는 습관을 만들어주는 100일 법칙』(강상구, 원앤원북스, 2010)에는 "우리의 몸과 마음이 이전의 습관으로 회귀하지 않고 새로운 습관이

자리 잡기 위해 100일간 인내해야 한다"고 나오기도 했다.

글을 쓸 때와 쓰지 않을 때의 삶

나에게 글쓰기는 가족과 화해하게 해준 '마법' 같은 존재다. 어머니는 언제나 "너는 장녀니까" "직업이 안정적이니까"와 같은 말로 내게 짐을 지우셨다. 그래서 오랫동안 어머니와 사이가 좋지 않았다. 그런데 글쓰기를 시작하면서 부모님을 불편해하며 살아온 내게 조금씩 마음의 변화가 생겼다. 부모님에게 해드리는 것들이 예전에는 장녀로서의 짐이고 귀찮은 일이었다면 이제는 나만의 글쓰기 소재로 느껴지기 시작했다. 그리고 가족과의 불편한 기억을 글로 풀어냄으로써 내 마음도 치유되었다. 글쓰기는 이제 내 인생에 없어서는 안 될 중요한 것이 되어버렸다.

나는 글쓰기를 시작한 이후 타고난 호기심으로 주위를 관찰하고 있다. 오감을 활짝 열고 관찰한 일상을 가능하면 글로 표현하려고 노력한다. 매일 벌어지는 소소한 일들, 영화, 드라마, 음악 같은 모든 소재들은 글을 쓰지 않고는 배길 수 없도록 나를 자극한다. 아름답거나 감동적인 장면을 보면 가슴의 울림이 사라지기 전에 글로 남기고 싶다는 강렬한 욕구가 생긴다. 시간이 지나면 감동은 사라지고 기억만 남기 때문이다. 마치 젊은 날 밤잠을 설쳐가며 열병을 앓던 연애도 시간이 지나면 사랑했던 기억만 남는 것처럼 말이다.

요즘 나의 일상은 『첫 문장의 두려움을 없애라』에 소개된 공지영 작가의 말처럼 '글을 쓸 때와 쓰지 않을 때의 삶'으로 나눠진 듯하다.

> 글쓰기는 삶을 풍요롭게 만들어주는 것 같아요. 글을 쓰고 있을 때는 매사에 굉장히 예민해져요. 그래서 풀잎이나 나무 색깔 같은 것도 모두 몸에 입력해요. 글을 쓰지 않을 때는 무심하게 넘기던 풍경들이 글을 쓸 땐 의미 있게 다가오죠. 그러니 글을 쓸 때와 쓰지 않을 때의 삶은 완전히 다르다고 생각해요.
>
> - 『첫 문장의 두려움을 없애라』

은유 작가의 칼럼에 "삶이 고차함수인데, 글이 쉽게 써지면 반칙이다"라는 말이 나온다. 요즘 글쓰기에 대한 고민이 많아져 더욱 마음에 와닿는 구절이다.

> 읽고 쓰고 말하고 고치기의 반복. 이 고된 노역을 우리는 왜 자처하는가. 글쓰기의 목적은 저마다 다르겠지만 이렇게 정리해본다. 삶이 고차함수인데, 글이 쉽게 써지면 반칙이다.

> 정확한 단어와 표현을 고심하다 보면 자신을 스스로 속일 가능성이 줄어들고, 몸을 숙여 한 사람의 내면의 갱도에 들어가는 훈련으로 남에 대해 함부로 말하지 않을 수 있다.
>
> –「어른들의 말하기 공부」, 은유, 〈한겨레〉 2017년 2월 24일

날 때부터 글을 잘 쓰는 사람이 있을까? 아무리 훌륭한 작가라도 초고는 형편없으며 수없이 많은 퇴고를 한다. 그러니 우리 같은 평범한 사람들은 말할 것도 없지 않은가? 무조건 글을 많이 써봐야 할 것 같다. 변증법의 원리인 '양질전환의 법칙'처럼 글쓰기도 양이 쌓이면 질적인 변화가 일어날 것이다.

100세 시대를 맞이한 우리는 어디에서 행복을 찾아야 할까? 욜로YOLO : You Only Live Once, '인생은 단 한 번뿐이니 후회 없이 즐기며 사랑하고 배우자'는 뜻이다. 떠나가는 젊음을 한탄하지 말고 현재를 즐겨야 한다. 현재의 내 모습은 미래의 내가 부러워할 어제가 될 테니까.

손문숙 '나'를 찾고 인생 후반전의 꿈을 위해 글쓰기와 독서토론 공부를 시작한 워킹맘. 26년 차 교육행정공무원이며 교원대학교 교육정책전문대학원에서 공부하고 있다. 숭례문학당에서 글쓰기를 시작한 후 글쓰기 입문 과정, 100일 글쓰기 프로그램, 온라인 서평 쓰기 과정에 참여했고, 블로그를 운영하며 글을 계속 쓰고 있다. 현재 독서토론 심화 과정을 마치고 '책통자(책을 통한 자기표현) 아이들' 독서토론 강사로 재능 기부 중이다.

틀을 깨면 인생이 달라진다

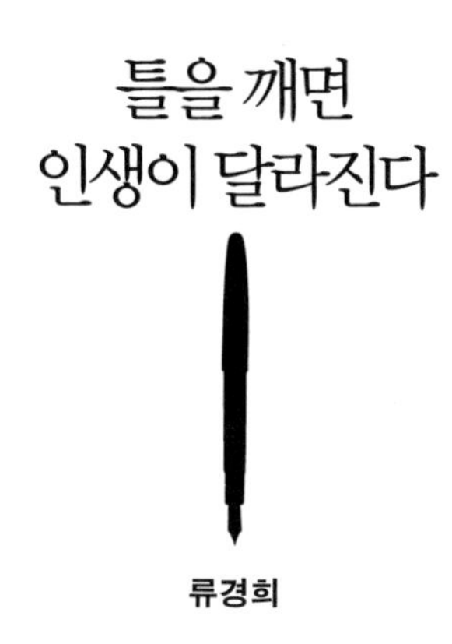

류경희

4월의 어느 날, 수많은 잉어가 하천을 힘겹게 거슬러 오르고 있었다. 잉어들은 돌다리에 부딪히고 물살에 떠밀려가기를 수없이 반복했다. 물이 흐르는 방향으로 헤엄쳐 다니면 편할 텐데. 잉어가 힘겨워하면서 거슬러 오르는 모습은 너무도 익숙한 내 모습이기도 했다. 나는 한 편의 글을 완성하기 위해 부딪치고 힘겨워한다. 그럼에도 계속하는 이유는 글쓰기는 곧 나를 찾아가는 여행이기 때문이다. 몰랐던 나를 만나게 하고, 위로가 되기도 했다. 그렇게 한 걸음 한 걸음 나를 찾아가는 여행자로 만들었다.

어렸을 때부터 나는 말보다 글로 표현하는 게 편했다. 친구와 하고 싶은 말이 있으면 쪽지로 대신했고, 편지 쓰기를 좋아해 펜팔을 하기도 했다. 길을 가다 문득 떠오르는 글감이 있으면 그 자리에 서서 메모를 하고, 일기도 매일 썼다. 결혼 후에는 아이들의 일상을 육아일기로 남겼다. 이렇듯 글쓰기는 항상 가까이 있었다. 그래서인지 글을 쓰지 않아도 늘 함께하는 것 같았다.

『글쓰기의 최전선』의 저자 은유는 "글을 쓰고 싶은 것과 글을 쓰는 것은 쥐며느리와 며느리의 차이다. 완전히 다른 차원의 세계다. 하나는 기분이 삼삼해지는 일이고 하나는 몸이 축나는 일이다"라고 말했다. 글쓰기가 결코 만만치 않음을 알 수 있다. 그녀는 혼자 쓰고 혼자 읽고 혼자 덮는 것은 일기지 글쓰기가 아니라고 했다. 글은 드러내야 하며, 이는 곧 자신의 삶에 솔직해지는 작업이다. 나는 한 문장 한 문장 여행 준비를 했다. 나를 찾아가기 위해. 쥐며느리가 아닌 며느리가 되어 글쓰기 여행을 시작했다.

잠자던 글쓰기 욕망이 깨어나다

어느 날 아들이 공책 한 권이 필요하다고 했다. 일기를 쓰겠단다. 고등학생이 뜬금없이 일기를 쓰겠다고 하니 그 이유가 궁금했다. 아들의 대답은 간단했다. 그냥 쓰고 싶었단다. 엄마가 써놓은 육아일기 책이 좋았고, 그래서 현재를 기록해보고 싶었다고 했다. 이 세상에 단 한 권뿐인 육아일기 책. 아이를 키우면서 모 교육회사 사이트에 육아일기를 게재한 적이 있었다. 아이들이 성장하는 모습을 남기는 게 재미있었고 내 글을 읽어주는 누군가를 위해 더 열심히 기록했다. 그리고 베스트 육아일기에 선정돼 책으로 만들어졌다. 서문을 쓰기 위해 얼마나 고심했던가. 나의 글쓰기 욕망은 그때부터 조금씩 꿈틀했던 것 같다. 하지만 미세했던 글쓰기 욕망은 삶의 시간에 뒤덮여 긴 동면 속으로 들어가고 말았다.

겨울잠을 자고 있던 나의 글쓰기 욕망은 아이들이 성장하면서 깨어났다. 그동안 모든 시간을 아이들을 위해 썼고, 정작 나를 위한 시간은 없었다. 게다가 어린 시절 글쓰기를 좋아하던 내 모습도 찾아볼 수 없었다. 이제라도 나를 위해 무언가를 하고 싶었다. 아이들을 향해 있던 시선을 조금은 나에게 돌려야 할 때가 된 것 같았다. 무언가를 배우는 걸 좋아했기에 도서관에서 열리는 강좌에 관심을 가졌고, 숭례문학당의 독서토론에 참여하게 됐다. 함께 읽고 토론하면서 틀에 갇혔던 내 사고에 균열이 일었고, 잠자던 나의 글쓰기 욕망이 다시 꿈틀거렸다.

쓰고 싶었다. 아들이 그냥 쓰고 싶었듯이 나도 그랬다. 마음이 간절히 원했다. 지금 생각해보면 잃어버린 나를 찾기 위한 몸부림이었던 것 같다. 하지만 무엇을 어떻게 시작해야 할지 몰랐다. 그때 100일 글쓰기 프로그램을 만났다. 100일 동안 하루도 빠짐없이 쓰기만 하면 된다고 했다. 특정 주제가 주어지는 게 아니니 왠지 쉬울 것 같았다. 게다가 온라인으로 진행되니 접근성도 좋았다. 하지만 막상 시작해보니 매일 글을 쓰기란 호락호락하지 않았다. 그럼에도 100일을 견뎌낼 수 있었던 건 글쓰기를 함께하는 동료들이 있었기 때문이다.

100일 동안 수없이 나를 돌아봤다. 100일 동안 쓴 글에는 유년시절을 회상하는 내용이 많았다. 나의 어린 시절과 성인이 된 현재 모습, 친구, 가족, 그리고 나의 글쓰기 유형까지 참 많은 것을 만날 수 있었던 100일이었다.

100일을 마칠 때쯤 되니 또 다른 글쓰기에 대한 욕심이 생겼다. 한풀이 글이 아닌 공적인 글을 쓰고 싶었다. 드러내는 글쓰기로 내 글에 대한 책임을 부여하고 싶었다. 그래서 소설을 쓰기 시작했다. 소설 쓰기를 하면서도 나와의 만남은 계속되었다. 소설 쓰기는 손톱만큼의 사실에 허구를 덧입히는 과정이었다. 그리고 그 작은 사실 하나가 나를 우주만큼 크게 만들었다. 아직 공식적인 독자는 없다. 앞으로 계속 없을 수도 있다. 하지만 난 오늘도 쓴다. 이 세상 최고의 독자인 나를 위해.

'내려놓음'을 알고 상처를 치유하다

나는 책을 읽고, 토론을 하고, 글쓰기를 하는 곳이라면 어디든 찾아가는 독서활동가다. 그리고 이 삶이 정말 좋다. 물론 처음부터 마음에 쏙 드는 삶을 살지는 않았다. 고지식하고 보수적인 환경에서 자란 탓에 틀에서 벗어나는 건 용납이 되지 않았다. 그런데 내 뱃속에서 나온 아이는 나와는 정반대였다. 틀에 박혀 사는 것을 힘들어했고, 새로운 것을 갈구했다. 그런 아이가 나는 늘 버거웠다. 하굣길에는 아무 데나 가방을 던져놓고 축구를 하느라 정신이 없었다. 한창 뛰어 놀 나이라고 생각했지만 그럼에도 참 많이 부딪쳤다. 아이가 성장한 이후에도 마찬가지였다. 공부하지 않는 모습에 불안했고, 미래가 걱정스러웠다. 자기를 믿어달라는 아이 말에 "네가 아직 뭘 몰라서 그래"라며 다그치기 일쑤였다.

글쓰기를 하면서 나의 유년 시절을 되돌아보았고, 아이들을 이해하게 됐다. 어느덧 아이들은 고3, 고1이 되었다. 대학 입시를 앞두고 있기에 더 불안할 수 있는 시기다. 하지만 난 아이들을 믿는다. 서로 신뢰하다 보니 관계도 더욱 좋아졌다.

글쓰기는 아내, 엄마, 며느리라는 역할 밀도의 수위를 조금씩 낮춰주었다. 소멸해가던 나를 찾아주고, 드러나게 한 건 글쓰기였다. 『인간이 그리는 무늬』(소나무, 2013)의 저자 최진석 교수는 명사가 아닌 동사로 존재하라고 했다. 움직이는 사람,

즉 동인動人이 되라고 말이다. 내가 움직이고 욕망하다 보니 삶이 변화했고, '지금 여기'라는 말을 모토로 삼아 즐기는 삶을 살게 되었다. 불안한 미래는 없다. 아이들도 편하게 바라볼 수 있다. 내 삶의 주인이 된 지금은 글쓰기로 인해 '내려놓음'을 알게 되었다.

몇 년 전에는 심리미술 프로그램에 참여한 적이 있었다. 미술과 심리의 연관성이 흥미롭기도 하고 그림으로 사람의 마음을 판단하고 해석하는 건 위험하다는 생각도 들었다. 어느 날은 찰흙으로 만들기를 했다. 심리상담사는 만들고 싶은 것을 빚어보라고 했고 나는 그릇을 만들었다. 그리고 만들었던 것을 다시 뭉친 후, 뾰족한 물건들로 찰흙에 고통을 주라고 했다. 머뭇거려졌다. 흘깃 옆을 보니 모두 고통 주기를 잘하고 있었다. 나도 그들을 따라 이쑤시개로 찰흙을 찔렀다. 그런데 '어, 이건 뭐지?' 하고 마음이 울컥했다. 다시 못을 들어 찰흙에 갖다 대는 순간 나도 모르게 눈물이 펑펑 쏟아졌다.

그 일이 있은 후 심리상담사는 그림을 그려보거나 글을 써보라고 했다. 그때 나는 글쓰기를 선택했다. 일기장을 펼쳐놓고 펜이 가는 대로 글을 썼다. 한없이 쏟아냈다. 나도 미처 몰랐던, 숨어 있던 상처들을 쏟아냈다. 또박또박 한 글자씩 새겨질수록 억눌렸던 마음이 하나씩 덜어져나갔다. 글쓰기는 그렇게 내 상처를 어루만져주었다.

삶의 방향을 안내하다

나는 강사다. 강사 활동을 하면서 많은 사람을 만난다. 그중 글쓰기 수강생들은 기억에 오래 남는다. 그들의 글에는 삶이 들어 있고, 글이 곧 그들이었다. '100일 글쓰기'에 참여한 수강생 중 삶이 바뀐 사람도 있다. 그녀가 첫날 쓴 에피소드 중 일부를 소개한다.

> 이미 눈치채셨겠지만, 저는 아주 황당무계한 계획을 가지고 있습니다. 저의 처녀작 출간을 목표로 100일간 웅녀로 살기로 결심했습니다. 지인, 친구, 가족 모두 혀를 끌끌 차며 저를 보고 한마디씩 합니다. "이번에 또 어떤 사고를 친 거야? 수습은 가능한 거야? 또 삽질하니?" 오해는 마십시오. 모두 저를 진심으로 아끼고 사랑하는 분들입니다. "어, 이번에는 걱정 단단히 붙들어 매쇼. 집안 경제엔 아무 영향 없을 테고, 또 도와달라고 징징거리며 전화도 안 할 테니. 그냥 100일간 곰 한 마리 가둬놨다고 생각혀. 알았쥐?"
>
> 한두 번도 아닌 기상천외한 저의 생각과 언행에 모두 머리를 절레절레 흔들며 더 이상 묻지 않았습니다. 그런 가족과 친구의 반응은 오히려 저에게 꼭 실천해야만 하는 오기로 다가옵니다. 아무튼 이제 저의 글쓰기는 반이 끝났습니다. '시작이 반이다'라는 말이 있지 않습니까. 저의 처녀작 가제는

'1인칭 창업 전성시대: 영어공부방 DIY'입니다.

-「100일 글쓰기 각서」

이렇게 그녀는「100일 글쓰기 각서」라는 제목 아래 첫 글을 썼다. 그런데 60여 일이 가까워질 무렵 자신이 정말 하고 싶은 것이 책 쓰기인지 의문을 가지게 되었다. 글을 쓰면서 자신이 인생에서 무엇을 원하고 추구하는지 명확해졌다고 했다. 이 모든 게 글쓰기 덕분이라는 그녀는 작은 마을 도서관에서 사서 일을 하다가 현재는 보다 전문적인 사서 공부를 하고 있다. 글쓰기를 하면서 변화하는 수강생들을 보면, 글은 단지 기술적인 것으로만 작용하는 게 아니었다. 글쓰기는 전환점의 역할도 하고, 자신을 대면하게도 한다. 글은 삶이자, 사람과 사람을 만나게 하는 징검다리이기도 하다.

사실 100일 글쓰기를 시작할 때 과연 변화가 생길까 반신반의했었다. 누가 첨삭을 해주는 것도 아닌데 매일 쓴다고 글이 좋아질까? 그런데 정말 변화가 생겼다. 첫째, 글이 달라졌다. 처음 시작했을 때 썼던 글과 100일이 가까워지는 시점의 글은 분명 차이가 있었다. 문장이 간결해졌고, 동어반복이 줄었다. 그리고 주어와 술어의 호응이 맞는지 문장을 자꾸 들여다보는 습관이 생겼다. 오래 쓰고, 끈기 있게 쓰다 보면 글 근육이 생기고, 글이 달라질 수밖에 없다.

둘째 삶의 태도가 변했다. 읽고 토론하고 글을 쓴 것밖에 없는데, 누구의 삶이 아닌 내 삶을 살게 됐다. 내가 주인인 삶은 행복하다. 나의 행복은 주변을 편안하게 바라보게 한다. 가족들도 변화된 내 모습에 응원을 아끼지 않는다. 나의 몫이었던 집안일은 저절로 분업화가 되었다. 신경전이 필요 없다. 이 모든 것이 내가 변했기 때문이다. 그 중심에는 글쓰기가 있었다. 글쓰기는 나 자신과 사람들, 더 나아가 세상을 만나게 했다. 그리고 삶의 방향성을 제시해주었다.

어렸을 때 작가는 대단한 사람들이 되는 거라고 생각했다(지금도 '작가'가 대단하다는 마음은 여전하다). 나에게는 글재주가 없다고 생각해 꿈조차 꾸지 않았다. 지금도 나는 작가를 꿈꾸지 않는다. 단지 나만의 글을 쓰는 글쟁이가 되고 싶다. 솔직한 내 삶을 살기 위해 오늘도 글쓰기는 계속된다.

류경희 글쓰기를 하고 싶다는 삼삼함에서 벗어나 몸이 축나더라도 글쟁이로 살아보고 싶은 욕망쟁이. 온·오프라인에서 독서토론 리더로 활동 중이며, 공공도서관 및 교육청, 평생학습관 등에서 독서토론과 글쓰기 수업을 하고 있다. 현재 서평 글쓰기를 꾸준히 하고 있으며, 독자 없는 소설을 쓰거나 그림책 관련 글을 쓰고 싶다는 욕망을 키우고 있다.

4장

나를 변화시킨 글쓰기

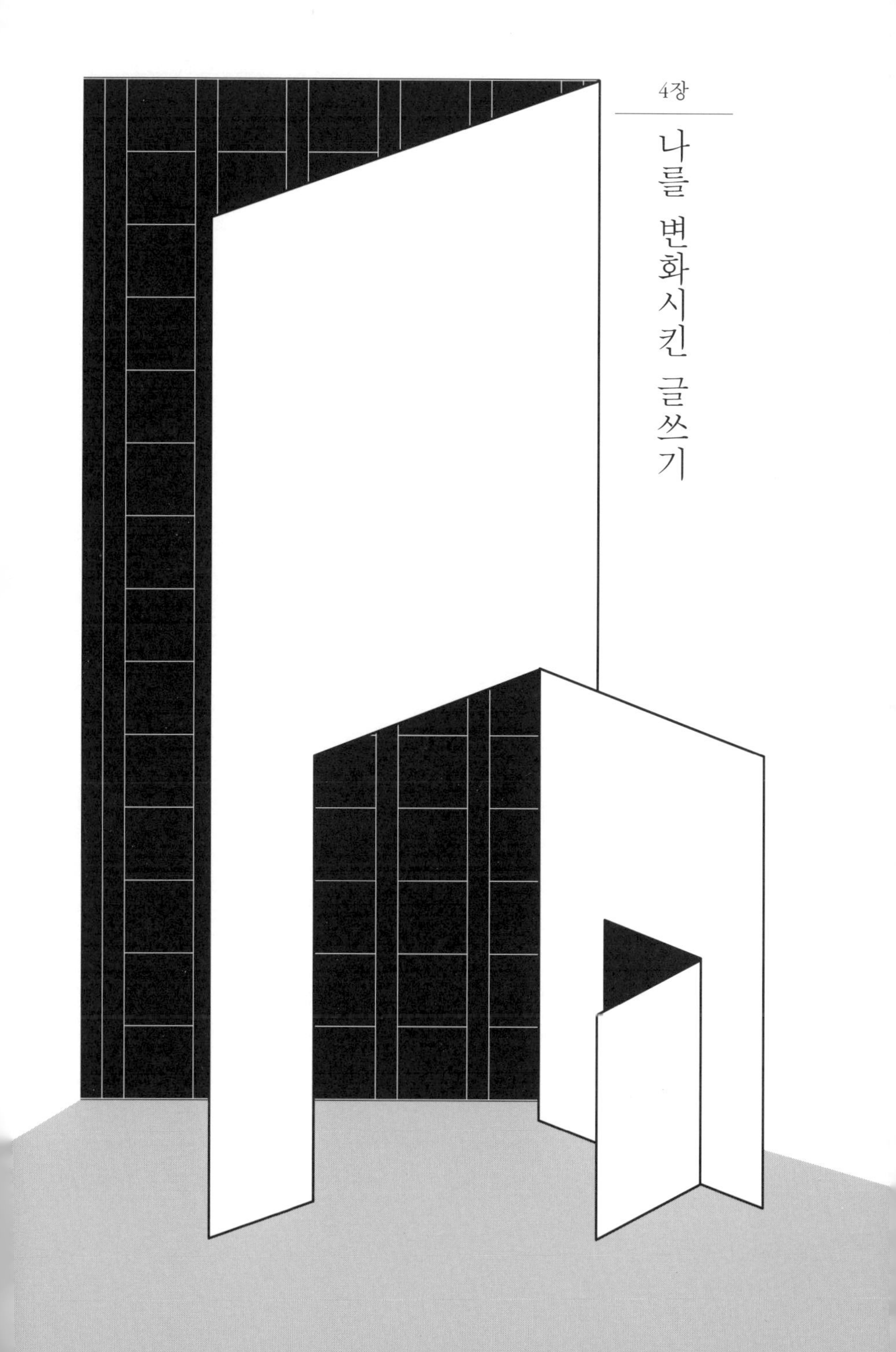

내 인생을 바꾼 두 번의 글쓰기

김선화

최근 '치유 글쓰기 모임'에서 놀라운 경험을 했다. 자유로운 주제로 자신에 관한 글을 한 편씩 써와서 낭독하는 모임이었다. 내용도 분량도 형식도 정해진 것은 아무것도 없었다. 그저 자유롭게 쓰면 될 일이었다.

앞으로 더욱 가깝게 지내고 싶은 사람들과의 모임이어서 그런지 정말 잘 쓰고 싶었다. 나를 항상 웃게 하고, 치부를 드러내어도 폭포수 같은 위로와 공감을 쏟아 부어주는 사람들이었다.

그러나 그들에게도 나의 제일 아픈 상처를 자세히 꺼내 보인 적은 없었다. 불편하거나 숨기고 싶었던 것은 아니었다. 그저 그 상처가 이제는 서서히 아물어가고 있었기에, 누군가에게 보여줄 만한 것이 아니라고 여겼다. 하지만 '치유 글쓰기 모임이라면 내 상처를 조금은 드러내도 괜찮겠지'라는 생각이 들었다.

잊었다고 생각한 기억을 끄집어내다

용기 내어 나의 상처를 보이기로 결정했지만 좀처럼 글이 써지지 않았다. 그러다 보니 차일피일 미루게 되었고, 결국 모임 당일이 되어서야 글을 써내려갔다. 지금까지 누구에게도 꺼내지 못했던 이야기들이 잘 전달되도록 세세하게, 그리고 솔직하게 썼다.

나는 모임 장소에 조금 늦게 도착했는데, 마침 한 사람의 낭독이 끝난 후 글에 대한 소감을 나누던 중이었다. 나는 그 분위기에 조금은 당황했다. 약간 어두운 조명과 붉어진 눈시울, 여기저기서 훌쩍이는 소리도 들렸다. 막 들어와 어색해진 난 아무 말 없이 빈자리에 가서 앉았다.

'여기에서 내 글을 읽어야 한다니. 너무 급하게 써서 엉망일 텐데, 읽지 말까? 그래도 읽어야겠지? 하지만 안 그래도 무거운 분위기가 더 처질 텐데, 어떡하지.' 마음이 갈피를 못 잡는 바람에 나의 낭독 순서는 점점 뒤로 밀렸다. 그리고 피할 수 없는 시간이 다가왔다.

나의 글은 어머니와 나의 관계에 관한 것이었다. 순탄한 유년 시절을 거쳐 무난한 대학 생활을 보낸 내가 어머니와 처음으로 크게 부딪친 이유는 바로 연애와 결혼 때문이었다. 서른이 넘어 만난 남자친구와 3년이 넘게 교제하던 과정에서 부모님, 특히 어머니는 나의 연애를 격렬히 반대했다. 내가 선택한 사람을 부모님이 반대하는 모습을 보니 내 모든 것을 부정당하는 것 같아 마음이 쓰리고 아팠다.

부모로서 최선을 다해 키웠다는 자부심이 강했던 어머니는 나에게 헌신한 만큼 반대도 거셌다. 어머니가 그를 반대할수록 내 마음도 더욱 모질어졌다. 결국 집을 뛰쳐나와 한동안 부모님과 연락을 끊고 지냈다.

다시 집으로 돌아갔을 때, 부모님은 결혼 날짜를 미루라고 하셨다. 그러나 나는 그 말을 듣지 않았다. 내 결정에 대한 확신이 있었기 때문이다.

이전처럼 고함과 손찌검이 난무하지는 않았으나 집안 분위기는 여전히 살얼음판을 걷는 듯 아슬아슬했고, 나는 어머니와 마주치지 않기 위해 매일 아침 일찍 나와 늦은 밤에 집으로 돌아갔다. 팽팽하게 대립하던 어머니와 나의 관계는 내가 몇 글자 끄적였던 사소한 쪽지 한 장에 풀렸다.

중고 세탁기 얼마, 중고 냉장고 얼마, 서랍장 얼마, 장롱 얼마, 이불 얼마, 냄비 몇 개, 접시 몇 개, 방 한 칸 보증금 얼마, 월세 얼마.

당시 대학 졸업 후에도 계속 공부하며 아르바이트를 전전하던 내가 혼수 준비에 쓸 수 있는 최대 금액에 맞춘 준비물들이었다. 그 변변찮은 세간 목록이 어머니를 울렸다. 자라면서 한 번도 속 썩인 적이 없던 딸, 동생들을 보살피며 살림도 잘 돕던 딸, 좋은 학교 성적으로 남들에게 자랑이 되던 딸이었다.

애지중지하며 키운 내 딸이 그렇게 허름하게 신혼 생활을 할 것을 생각하니 마음이 아팠나 보다. 그리고 어머니의 물기 어린 목소리는 딱딱한 내 태도를 누그러뜨렸다. 나는 어머니와 표면적으로 화해하고 결혼을 했다. 그러나 마음으로 용서한 것은 결혼하고도 한참 지나 나도 한 아이의 어머니가 되고 난 후였다.

글쓰기의 힘은 강하다

아이를 낳은 후 아이가 자라는 속도와 나의 나이를 가늠하며 나이가 들었다는 것을 실감한 어느 오후였다. 아이로 인해 부모 자식 관계를 생각하면서 자식인 나와 부모인 어머니를 떠올렸다. 그리고 나와 어머니의 나이를 가늠해보았다.

새롭게 종이를 가져와 내가 태어난 연도와 지금까지의 내 나이를 적어 넣었다. 그리고 다시 내 나이 옆에 엄마의 나이를 써넣었다. 내가 태어날 때 스물세 살, 내가 다섯 살 때 스물여덟 살, 내가 열 살 때 서른두 살, 내가 열세 살 때 서른다섯 살. 내가 아이를 낳은 나이였다. 나는 손이 가지 않게 다 커 있었고, 어머니의 막내아들은 일 학년이었다.

내가 스물세 살 땐 철모르는 연애를 하며 내가 버는 돈으로 캠퍼스 라이프를 만끽할 때였다. 먹고 입고 자는 것이 모두 부모에게서 나왔고 고민이라고는 다음 수업 과제 정도였다. 그런데 어머니는 바로 그 나이에 나를 낳아 아이를 어르며 가족을 건사하고 살림을 하고 부업도 했다. 내가 스물여덟 살 땐 첫 남자친구와 소원한 관계, 그리고 박사과정 끝에 나는 무엇이 될까 고민하던 시절이었다.

그 나이에 어머니는 나와 내 동생을 거느리고 임신한 몸으로 쭈그려 앉아 도라지를 까고, 김장을 하고, 소창 기저귀 감을 끓던 억척 아줌마였다. 내가 서른두 살 땐 여전히 불확실한 미래에 잠시 눈 감고 달콤한 연애에 취해 있었다. 그 나이에 어머니는 남에게 빌린 큰돈을 잃고 나를 붙잡고 울었으며 그걸 갚기 위해 집에서 밤낮으로 재봉틀을 돌렸다.

> 지금 이걸 세는 나는 서른다섯 살이지만, 어머니는 쉰일곱이다. 내가 겪을 사십 대, 오십 대는 아직 그려지지 않는다. 그러나 어머니가 이미 겪은 사십 대, 오십 대는 내 기억 속에 고스란히 살아 있다. 집안 살림이 잠깐 피고 자식들에게 손이 덜 가던 그때의 영광과 풍요는 짧았고, IMF와 더불어 오랜 기간 가장의 짐을 지고 고통받은 어머니의 중년 시절. 빚쟁이를 막고, 집을 보전하고, 나와 동생들의 도시락을 싸면서 해 뜰 때 나가 해질 때까지 남의 집 벽을 바르는 노동자의 삶.
>
> -「내 인생을 바꾼 두 번의 글쓰기」

종이쪽지에 몇 글자 적지 않았지만, 어머니의 삶을 돌아보며 많이 울었다. 결혼 과정에서 어머니에게 받았던 상처들이 그 눈물에 씻겨 나가는 것 같았다. 그날 비로소 어머니와 진정한 화해를 했다.

겉으로는 어머니와 잘 지내고 있었고 어머니를 향한 미움도 사그라들었기에 이제는 글로 써도 괜찮을 줄 알았다. 모임 시간이 점점 다가오자 나는 단숨에 글을 써내려갔다. 쓰기 전에는 한참 고민하고 많이 망설였지만, 일단 쓰기 시작하니 속도가 붙었다.

다른 글을 쓸 때보다 시간이 훨씬 덜 걸렸기 때문에 이제는 정말 괜찮은 줄 알았다. 그러나 그날 내가 쓴 글을 낭독하며 나는 감정이 요동치는 것을 막지 못했다.

울음 섞인 목소리로 낭독을 끝낸 후, 동료들의 위로와 공감, 칭찬이 이어졌다. 글솜씨나 문장력을 따지는 자리가 아니었다. 어머니와 딸이라는 관계에서 가지게 되는 복잡다단한 감정, 연애와 결혼, 임신과 출산, 육아를 둘러싼 인류 보편적 정서, 나의 글과 비슷한 경험에 대한 고백. 그 모든 것이 그때의 나를 위로하고 내 글을 위로해주었다.

그제야 맨 처음 내가 이 공간에 들어섰을 때의 어색함이 떠올랐다. '아, 이런 과정 한가운데 내가 불쑥 나타난 거였구나.' 내가 들어왔을 때 글을 낭독하던 이에게 미안해졌다. 그리고 내 글을 낭독하기 전, 내 글에 신경 쓰느라 다른 이의 글에 집중하지 못하고 공감해주지 못했던 것도 미안했다.

이전까지는 어머니와의 불화와 화해에 대해 글로 써보려는 생각은 하지 않았었다. 그냥 마음속으로 다 끝난 일이라고, 나는 이제 괜찮다고만 생각했었다.

'치유 글쓰기 모임' 덕분에 내 인생의 한 자락을 글로 정리해볼 수 있었다. 그리고 함께 낭독하는 모임을 통해 감정의 찌꺼기를 해소하고 후련함도 맛보았다. 이제는 더 이상 그 일에 대해 이야기하거나 쓰는 것이 두렵지 않다.

나를 괴롭히는 것, 내 마음에 오래 머무는 것이 있다면 그저 괜찮다고 되뇌기보다는 글로 한번 정리해보기를 권한다. 더 나아가 그런 내밀한 이야기를 나눌 만한 공동체를 만나 위로와 공감의 폭포를 맞아보기를 바란다. 글쓰기의 치유하는 힘이 얼마나 강한지 느낄 수 있을 것이다.

김선화 열심히 읽고 살았다고 생각했지만 숭례문학당을 만나 진정한 독서와 글쓰기를 경험하게 된 대학 강사. 세상 모든 사람들이 비경쟁독서토론을 경험해야 가정이 변하고 사회가 변한다고 생각하는 토론 리더. 어떤 일이라도 지지해주는 남편과 엄마 없이도 씩씩한 아들과 함께여서 다양한 학습모임으로 학당 라이프를 만끽하는 중이다.

예측 불허
글쓰기 인생

이정순

"너 왜 학교 다닐 때도 안 하던 짓을 하고 그래? 너 글 쓰는 거 질색했잖아. 책도 별로 안 읽었고."

오랜만에 만난 대학 친구가 요즘 나의 근황을 듣더니 한 말이다. 학교 다닐 때 교재 외엔 책 근처에도 가지 않던 내가 독서토론을 하느라 일주일에 한두 권 이상의 책을 읽고, 서평 쓰기 수업도 들었다고 하니 '얘가 왜 이러나' 싶었던 게다.

친구 말처럼 나는 글쓰기를 지독히도 싫어하는 사람이었다. 인생이란 예측불허, 절내 상남하지 말라더니. 내 평생 자발적으로 글쓰기 수업을 듣는 날이 올 줄이야. 나조차 상상하지 못했던 일이다.

초등학교 시절, 방학이 끝나기 일주일 전이면 우리 집은 늘 비상이었다. 방학 동안 매일 써야 하는 일기를 차일피일 미루다 결국 한 달 치를 한꺼번에 써야 하는 상황이 벌어졌기 때문이다. 아무리 좋은 기억력의 소유자라 할지라도 한 달간의 일을 세세히 기억할 순 없는 법. 당연히 나의 일기장은 약간의 사실에 상상력을 왕창 덧붙여 급조된 내용으로 채워질 수밖에 없었다. 날씨 또한 실제 기상 사정과는 상관없이 '맑음', '흐림', '비'를 무작위로 골라 적었다. 일기의 사전적 의미는 "날마다 그날그날 겪은 일이나 생각, 느낌 따위를 적는 개인의 기록"인데, 나의 일기는 그와 무관한 글이었다.

글쓰기가 싫어서 일기 쓰기를 싫어했던 건지, 아니면 억지로 일기를 썼던 기억 때문에 글쓰기를 싫어하게 된 건지 모르겠지만 나에게 글쓰기는 늘 '막막하고 두려운 일'이었다. 자기소개서 작성에 대한 부담감이 이직의 욕구를 누를 정도로 말이다. 지금도 여전히 글쓰기는 나에게 막막하고 두려운 일이다. 하지만 바뀐 점이 있다. 피하고 싶지는 않다는 것, 그리고 일상의 기록을 남기고 싶은 욕구가 생겼다는 것이다.

내 인생의 사건, 독서토론과의 만남

철학자 이진경은 『삶을 위한 철학수업』(문학동네, 2013)에서 "일

생일대의 사건, 그것은 뜻밖의 순간에 닥쳐와, 누군가의 인생을 그 이전과 이후가 결코 같을 수 없는 것으로 바꾸어놓는 것"이라고 말했다. 일생일대의 사건이라고 단언하긴 아직 이르지만, 잔잔하던 내 삶에 작은 파장을 일으키며 나를 이전과는 다른 방향으로 이끄는 사건을 만났다.

2014년 12월의 어느 날, 잠시 머리를 식히고자 간만에 사무실 책장에 꽂혀 있던 출판잡지 〈기획회의〉 한 권을 꺼내 들었다. 이런저런 출판계 관련 글을 읽던 중 한 코너가 눈길을 끌었다. 「책이 바꾼 삶, 숭례문학당 이야기」라는 제목으로 연재 중인 글이었다. 한 직장인이 독서토론을 하면서 자존감을 회복하고 주체적인 삶을 살게 되었다는 내용으로 기억하는데, 필자의 담백한 글에 담긴 진심이 나에게도 고스란히 전해져 큰 울림이 있었다. 특히 그 글에 인용된 책의 한 구절은 내가 지향하는 삶을 정확하게 표현하고 있어 더욱 강렬하게 다가왔다.

> 점검하는 삶은 자신의 확신을 괄호로 묶고 타인의 말을 경청하는 삶이다. 배움에 주저함이 없는 삶, 배움을 위해 타자와의 만남에 주저함이 없는 삶이 바로 이 '점검하는 삶'이다.
>
> – 『단속사회』, 엄기호 지음, 창비, 2014

독서토론에 대한 호기심에 〈기획회의〉를 몇 권 더 꺼내 해당 코너의 글을 찾아 읽었다. 그리고 며칠 후, 두근거리는 마음으로 '독서토론 입문 과정'을 신청했다.

첫 번째 독서토론을 하던 날, 처음 만나는 사람들과 책을 주제로 2시간 동안 이야기하는 것이 낯설었지만 의외로 즐거웠다. 마치 흑백으로 보던 영화를 컬러, 아니 3D 입체 화면으로 만난 듯 책이 다층적으로 보이는 그 느낌이 짜릿했다. 대학생부터 정년 퇴직자까지 폭넓은 연령층, 다양한 직업을 가진 사람이 모여 서로 의견을 나누는 모습이 신선했다. 당시 강사는 사람을 성장시키는 데 필요한 세 가지가 독서, 여행, 토론이라고 말했다. 지금까지 나를 성장시킨 건 여행이었는데 이제부터는 독서와 토론이 그 역할을 할 것 같은 느낌이 들어 설레었다. 2015년에는 2주에 한 번 독서토론에 꾸준히 참여하여 책 읽는 습관을 들이겠노라 다짐했다.

마감이 있는 책 읽기는 내 삶을 조금씩 바꾸기 시작했다. 퇴근 후 TV 앞에서 시간을 보내는 대신 책을 읽기 시작했다. 1년간 꾸준히 하자 책 읽는 습관이 생겼고, 토론에 익숙해졌다. 그러자 이번엔 토론에 필요한 논제 만드는 과정을 배워서 지인들과 독서모임을 해보고 싶어졌고, 독서모임을 이끌 수 있는 능력을 키워보고자 리더 과정을 신청했다.

논제를 만들기 위해선 입문 과정 때처럼 읽는 행위만으론 부족했다. 매의 눈으로 책을 분석하듯 살피면서 계속 의문을 제기하는 과정이 필요했다. 그러다 보니 책은 더 깊게 이해할 수 있었지만, 독서 행위 자체가 주는 즐거움은 다소 떨어지는 부작용도 있었다. 하지만 다른 사람의 생각이 궁금한 부분을 논제로 다룰 수 있어 가려운 곳을 긁은 듯 시원했다.

가끔 이런 생각을 해본다. '2014년 12월, 〈기획회의〉를 꺼내 들지 않았다면 지금의 난 어떤 모습으로 살고 있을까?' 확실한 건 지금보다 훨씬 덜 충만한, 삶에 찌든 인생을 살고 있을 거라는 거다. 난 그날, 그 글과의 만남을 우연이 아닌 필연이었다고 믿는다. 철학자 강신주가 『철학이 필요한 시간』(사계절출판사, 2011)에서 사람들은 "소망스러운 만남에 필연의 아우라를 부여"하려 한다고 지적했던 것처럼 말이다.

책을 더 깊게 읽도록 하는 서평 쓰기의 힘

처음 독서토론을 시작할 때 내가 기대했던 변화는 세 가지였다. 첫째, 자기계발서에 치중하던 독서 편식 없애기. 둘째, 책을 끝까지 깊게 읽기. 셋째, 사람들 앞에서 의견을 말하는 데 익숙해지기. 그리고 2년 넘게 독서토론을 꾸준히 하며 처음 계획했던 세 가지 변화를 거의 이뤘다. 일단 2016년에 읽고 토론한 책이 60권 이상으로, 완독한 책의 수가 크게 늘었다. 사람들 앞에서 내 의견을 말하는 것에 대한 두려움도 많이 사라졌다. 여러 모임에 참여하면서 다양한 분야의 책을 골고루 읽게 되었고 자연스레 책 편식 습관도 고쳤다. 특히 토론을 통해 고전문학과 인문, 사회과학 분야의 책을 읽는 즐거움을 알게 되면서 삶을 대하는 자세가 달라졌고, 사회문제에 대한 관심이 높아졌다. 그리고 전혀 생각지 못했던 한 가지 변화, 그토록 싫어하던 글쓰기에 관심이 생기기 시작했다.

글쓰기에 대한 방어적 자세를 바꾸게 된 계기는 리더 과정 동기들과의 스터디 모임 때문이었다. 간결하고 논리적으로 자신을 의견을 이야기하며 토론 내공을 발휘하던 동기들이 추천한 것이 서평 쓰기였다. 산만하게 흩어진 생각을 논리적으로 정리하는 데 서평 쓰기가 최고라고 했다. 처음엔 '글쓰기, 난 절대 못 해!'라고 생각했지만 시간이 지나면서 점점 '나중에 관두더라도 일단 시도나 해볼까?' 하는 쪽으로 마음이 기울었다. 그리고 때마침 나처럼 서평 쓰기에 관심을 가지는 동기가 있어 함께 서평 쓰기 수업을 신청했다.

서평 쓰기에 관한 기초 강의를 들은 후 쓴 첫 서평은 조지 오웰의 『동물농장』이었다. 각자 써온 서평을 다른 사람들 앞에서 읽고 첨삭 받는 과정은 뭔가 속옷 바람으로 밖에 서 있는 듯 매우 부끄러웠다. 하지만 같은 책을 읽고 나와는 다른 관점에서 쓴 서평을 듣는 것만으로도 큰 도움이 됐다.

쓰는 과정은 괴로웠지만 정리된 결과물이 주는 성취감은 굉장히 컸다. 독서토론이 책을 자세히 들여다보게 한다면, 서평 쓰기는 약간 거리를 두고 전체를 조망하게 했다. 서평 쓰기도 책 읽기처럼 습관으로 만들고 싶다는 욕심이 생긴 나는 호기롭게 '서평 쓰기 집중과정'을 시작했다.

집중과정 첫 서평은 파트리크 쥐스킨트의 『좀머 씨 이야기』였는데 함께 수업받는 수강생들의 내공은 정말 대단했다. 표면적인 스토리에 매몰된 채 쓴 내 서평과는 차원이 달랐다. 진정 나와 같은 책을 읽은 게 맞나 싶은 글도 있었다. 그 후 『고리오 영감』, 『지식의 미술관』, 『책의 힘』 등에 대한 서평을 연달아 쓰면서 책을 제대로 이해하기 위해선 저자에 대한 배경지식도 중요하다는 걸 깨달았다. 저자를 이해하자 자의적 해석이 줄어들었다. 고통의 크기만큼 배움과 성취가 큰 서평 쓰기 덕에 책을 대하는 나의 자세는 조금 더 진지해졌다.

평생 처음으로 느낀 '기록'의 욕구

처음 서평 수업을 들을 땐 막연하게 서평을 몇 편 쓰다 보면 과정에 익숙해져서 자연스럽게 글쓰기에 대한 두려움도 사라지리라 기대했었다. 하지만 기대와 달리 서평 쓰기는 매번 초기화 버튼을 누른 듯 전혀 쉬워지지 않았다. 아니 오히려 조금씩 글이 나아져야 한다는 압박감이 커졌다. 글쓰기에 대한 두려움은 여전했고, 무언가를 쓰고 싶다는 마음도 없었다. 그러던 중 글쓰기에 대한 나의 마음을 변하게 한 글을 만났다.

> 나는 이제 깨달았네, 루카스. 모든 인간은 한 권의 책을 쓰기 위해 이 세상에 태어났다는 걸, 그 외에는 아무것도 없다는 걸. 독창적인 책이건, 보잘것없는 책이건, 그야 무슨 상관이 있겠어. 하지만 아무것도 쓰지 않는 사람은 영원히 잊혀질 걸세. 그런 사람은 이 세상을 흔적도 없이 스쳐 지나갈 뿐이네.
>
> –『존재의 세 가지 거짓말』, 아고타 크리스토프 지음, 용경식 옮김, 까치, 2014

『존재의 세 가지 거짓말』에서 서점 주인 빅토르가 책을 쓰기 위해 떠나기로 했음을 주인공 루카스에게 말하는 장면이다. 쓰지 않으면 영원히 잊힌다는 말이 과거의 일을 잘 기억하지 못하는 나에게 하는 말 같았다. 가슴이 뜨끔했다. 빅토르처럼 책을 쓰진 못하더라도 어떤 형태로든 내 흔적을 기록해야 할 것 같았다. 일상에서 느끼는 순간순간의 감정, 사고의 변화, 함께한 사람들과의 시간 같은 것들 말이다. 하지만 여전히 글쓰기에 대한 두려움이 남아 있던 터라 길게 쓸 자신은 없었다. 그래서 선택한 것이 페이스북이었다. 분량의 부담 없이 쓰기에 적당했고, 추억을 공유할 수 있는 기능도 마음에 들었다.

글쓰기를 사랑하는 사람들은 뭔가를 쓰고 싶어 미친다는데,

나는 아직 페이스북에 1,000자 남짓한 짧은 글을 올릴 때도 상당한 고민과 노력이 필요하다. 하지만 이런 행위는 열심히 전진만 하는 내게 잠깐 멈추고 의미를 되새길 기회를 준다.

그리고 내친김에 한 가지 더, 2016년에 만난 최고의 책 『담론』(신영복 지음, 돌베개, 2015)의 필사도 시작했다. 잠자기 전에 신영복 선생님의 문장을 펜으로 적은 후 낭독하는 짧은 시간은 내 마음을 편안하게 한다. 잠깐 의욕을 불태우다 그만두는 걸 막기 위해 곧 100일 동안 글 쓰는 모임에 합류하려고 한다. 큰 욕심 부리지 않고 꾸준히 하다 보면 책 읽기와 토론처럼 글쓰기도 습관이 될 수 있지 않을까? 아직은 '필요한 행위'라는 생각으로 글쓰기에 대한 두려움을 달래는 중이지만, 언젠가는 '설레는 행위'로 그 의미가 바뀔 수 있길 기대한다.

이정수 낮에는 출판사에서 책을 만들고, 밤에는 학당에서 책을 읽고 토론하며 책에 강렬한 애증(?)을 느끼는 주경야독 직장인. 사회에 기부할 수 있는 재능 하나 만들어볼까 하는 생각으로 독서토론 리더와 심화 과정을 수료했다. 현재 숭례문학당에서 '책통자' 교사로 참여 중이며, 학습모임인 '주경야독 북클럽', '『토지』 함께 읽기' 운영자로도 활동하고 있다.

글쓰기와 다이어트의 상관관계

김혜정

글쓰기는 다이어트와 다르다. 다이어트는 목적이 분명하다. 명확하게 언제, 왜 시작하게 되었는지 말할 수 있다. 언젠가부터 옷 입는 게 불편해졌지만, 상대적으로 작은 얼굴만 믿었다. 거울을 보며 '아줌마가 이 정도면 괜찮지. 애를 둘이나 낳았는걸!' 하면서 스스로 위로했다. 보다 못한 아이가 "살 좀 빼야겠어요"라는 말로 자극을 줘도 그때뿐이었다.

하지만 기분 좋게 떠난 휴양지에서 래시가드 위로 울룩불룩 비어져 나온 살을 보니 더 이상 외면할 수는 없었다. 그날 이후 다이어트를 시작했다. 10kg를 뺐다가 다시 조금 찌긴 했지만 잘 유지하고 있다. 이렇게 시작한 계기와 과정을 낱낱이 기억하는 다이어트와 달리, 글쓰기는 어느 날 문득 찾아든 인연이었다.

나를 꿈꾸는 사람으로 만든 선생님

조지 오웰은 『나는 왜 쓰는가』(이한중 옮김, 한겨레출판사, 2010)에서 "아주 어릴 때부터, 아마도 대여섯 살 때부터 나는 내가 커서 작가가 되리란 걸 알고 있었다"라고 했다. 하지만 나는 작가를 꿈꾼 적도 없거니와 글을 쓸 거라고도 생각하지 못했다.

그의 책 내용을 모방하여 써보자면 나는 삼 남매의 첫째였고 아래로 한 살, 다섯 살 어린 동생들이 있었으며, 부모님은 장사를 위해 들락거리는 모습만 겨우 보는 정도였다. 당시 우리 집에는 형편에 맞지 않는 문학 전집이 있었는데, 보기에도 고리타분한 그걸 들여다보는 건 한 살 어린 여동생뿐이었다. 여동생이 공부나 글쓰기에 '싹수'를 보이는 동안 나는 조지 오웰처럼 상상 속 인물들과 대화를 나누곤 했다. 하지만 거기까지였다. 심심해서 공상을 하고 이야기를 만들기는 했으나 지면에 담아낼 생각은 해본 적이 없다.

'글다운 글'을 쓰기 시작한 건 사이버대학을 다니면서였다. 처음엔 육아 때문에 입학한 지 한 달 만에 자퇴했다. 그러고 나서 한 해쯤 지났나 했는데 시간은 어느새 2년이나 흘러 있었다. 아이는 고작 세 살이고 여전히 손이 많이 갔지만, 조바심에 더 이상 미룰 수가 없었다. 그래서 그곳의 한국어 문화학과로 다시 편입했다.

학과를 정한 건 8년 전이었다. 스물일곱에 훌쩍 떠난 일본 어학연수. 권리보다 의무에 충실하던 삶에서 벗어난 첫 경험이었다. '그 나이'에 뭘 배우려고 하느냐, 직장이 아깝다, 결혼해서 애 낳아야지, 부모는 물론 친구들조차도 이해 못 하던 결정이었다. 나 역시 '이 나이'에 너무 무모한 게 아닐까 하는 두려움이 앞섰다. 하지만 다양한 나라의 사람이 모인 일본 학교에서 나이는 전혀 중요하지 않았다.

"러시아에 돌아가면 관광통역안내사가 될 거야. 일본 사람들을 안내하는 거지." 쉬는 시간마다 역사책을 읽던 친구가 했던 말이다. 그 친구는 당시 나보다도 나이가 많고 일본어 초급반에 있었지만 꿈을 꾸고 있었다. 그런 모습을 보면서 '안 될 건 또 뭐야? 늦으면 어때서. 살면서 좋아하는 일을 한 번쯤은 해야 하지 않을까?'라는 생각이 들었고 스스로 옥죄던 나이 사슬을 벗어버렸다.

모든 것을 오롯이 혼자 해결해야 하는 타국에서의 삶은 신나기도 했지만 종종 외로웠다. 친구들이 힘이 되기도 했으나 진정한 위로는 선생님들에게 받았다. 늘 허둥대던 동갑내기 선생님과 만화 주인공 '짱구'처럼 웃음을 주던 분, 초승달 눈에 보름달 얼굴을 지녔던 선생님도 떠오른다. 하지만 가장 기억에 남는 건 쉰이라는 적지 않은 나이에도 당당히 가죽 미니스커트를 입던 마지막 담임선생님이다. 엄마 같은 포근함과 전문성, 패션 감각까지 남다르던 분. 그분을 보면서 '선생님 같은 한국어 교사'가 되고 싶어졌다. 나는 나이에서 자유로워지고 꿈꾸는 사람이 되었다. 유학을 안 했다면 다시 공부할 생각도, 글쓰기와 인연을 맺을 일도 없었으리라.

글쓰기는 질보다 양이다

'8대2 원칙'은 다이어트에서도 유용하다. 다이어트는 크게 식이와 운동으로 나눌 수 있는데, 식이가 8, 운동이 2일 때 효과가 좋다고 한다. 아무리 운동을 열심히 하더라도 식이가 잘못되면 성공하지 못한다는 의미다. 식이는 매끼 탄수화물, 단백질, 지방, 식이섬유의 비율을 조절해가며 먹는다. 아침에는 탄수화물, 저녁에는 단백질에 집중하거나 운동 후 단백질 보충은 필수니 일정에 따라 조절하면 된다. 여기에서 가장 중요한 건 '양보다 질'이다.

반면 글쓰기는 '질보다 양'이다. 우연히 집 정리를 하다가 학교에 제출했던 글을 보았다. 주석을 달아가며 쓴 글들. 참고문헌 목록까지 붙여 제법 그럴싸하다. 이 리포트 점수로 해외

탐방 기회를 얻기도 했으니 제법 '쓴다'고 생각했던 것 같다.

출산 후 블로그에 아이들 육아일기를 쓰기 시작하면서 기록의 힘, 뭔가를 남기는 재미를 알게 되었다. 아이들의 성장, 언제 이유식을 시작하고 혼자 걸었는지를 한눈에 볼 수 있다. 다 자란 아이들에게 남겨줄 자료가 있는 공간이다. 그곳에 나에 대한 기록을 더했다. 좋아하는 책, 영화, 여행에 대한 감상과 '엄마'로 '사람'으로 살기 위해 애쓴 노력들. 어느 정도 형식이 있는 리포트와 육아일기에서 자유로운 글쓰기까지. 한 문장도 쓰기 어렵던 것이 쓸수록 내용이 풍성해졌다.

다른 듯 닮은 글쓰기와 다이어트

글쓰기는 다이어트와 같았다. 스무 살, 인생 최대로 날씬했던 때였지만, 커피잔에 밥을 담아 먹고 줄넘기와 훌라후프를 천 개씩 하고서야 잠들 수 있었다. 그리고 다시 다이어트를 결심한 건, 강산이 한 번 변하고도 반쯤 지난 후였다. 스무 살 때와는 달리 더 이상 무릎 관절이 걱정되어 줄넘기를 할 수 없었고, 새로운 마음으로 시작하기로 했다. 함께할 엄마들을 모아 관련 책을 읽고, 다이어트 일지를 공유했다. 시행착오가 있었지만 기본을 지키는 게 가장 빨랐다. 이십 대처럼 굶기 힘들고 굶어서도 안 되는 사십 대, 글쓰기와 다이어트의 진리는 인풋보다 아웃풋을 많이 하는 것이다.

다이어트라면 '먹기'와 '움직이기'가 될 인풋과 아웃풋. 잘 먹었으니 더 움직여야 할 차례다. 경험상 '재미'를 기준으로 '오래'할 수 있는 걸 선택하면 성공할 수 있다. 내게는 수영과 걷기가 그러한데, 본인에게 맞는 방법으로 매일 운동하며 아웃풋 늘리기, 이것이 다이어트의 종점이다.

글쓰기도 아웃풋이 더 많아야 하는데 다이어트보다는 방법이 명료하다. 가령 인풋에는 읽기뿐 아니라 듣기, 경험도 포함되지만, 아웃풋은 쓰기 하나뿐이다. 인풋의 시작은 독서토론이었다. 좁고 반복되던 관계에서 벗어나 다양한 사람들을 만나 매달 한 권의 책을 읽고 생각을 나누었다. 체계가 있는 시스템에 들어가 새로운 분야의 책을 읽으며 감각을 깨웠다.

이후 서평 모임으로 옮겨갔다. 읽고 토론하고 쓰기. 인풋과 아웃풋이 확장되던 시기다. 그동안 혼자서 블로그에 글을 끄적이기만 했었는데 합평을 하게 되었다. 서평과 독후감의 차이도 모르고 내 글의 상태도 모르지만 잘 쓴 글은 알 수 있었다. 그런 글을 보니 욕심이 생겼고, 제대로 써보고 싶다는 생각을 하자 방법이 보였다. 100일 동안 매일 글을 쓰는 모임부터 참여했다.

내가 '100일 글쓰기'에 참여한 이유가 무엇일까. 누군가는 영화로, 음악으로, 미술로 내면의 욕망을 표현하지만 나는 그런 재주가 없다. 가장 만만하다기보다 글 쓰는 시간만큼은 조금은 객관적이 되고 안정된다. 나도 모르는 나의 본능, 100일 동안 마음껏 파헤쳐보면서 나를 알아가기, 그것이 이 여정에 오른 이유다.

– 「'100일 글쓰기'를 다짐하며」

매일 글을 쓴다는 건 재미있지만 고통스러운 일이다. 토론을 통해 두드린 감각은 글쓰기를 하며 완전히 열렸다. 글감을 찾다 보니 오가는 행인들, 스치는 사물도 새롭게 보였다. 어릴 적 '상상 놀이'는 구체화된 소재를 가지고 각색된다. 글 안에서 여배우가 되고, 글을 쓸 때는 신이 되었다.

쓰기에 물이 오르면서 좀 더 체계적으로 배우고 싶어졌다. 때마침 평소 좋아하는 작가가 진행하는 글쓰기 강좌가 열렸다. 매주 일정한 시간에 수업을 듣기란 쉽지 않았다. 학위를 받거나 눈에 띄는 결과가 보이는 게 아니니 집안의 반대가 심했고, 삶이 투쟁처럼 느껴졌다. 하지만 학인들의 삶은 더한 투쟁과 사유의 연속이었다. 우리는 그것들을 글로 승화시켰다.

다이어트와 글쓰기는 다른 듯 닮았다. 내게 둘은 '활력'이고 '치유'다. "그러지 말고, 글로 써보지 그래요?" 얼마 전 심리상담사에게 들은 말이다. 이 말을 들으니 불안하고 감정만 앞섰던 내면의 폭풍우가 잠잠해지는 느낌이 들었다. '대화'로 치유하는 상담사가 왜 '쓰기'를 권했을까. 왜 나는 쓰기를 결심하고 그동안 이어온 걸까. 힘이 들 때 이야기를 들어줄 친구, 그리고 전문가인 상담사마저도 항상 곁에 있는 것은 아니다. 수시로 널뛰는 마음을 상대방의 배려 없이도 쏟아낼 수 있는 행위, 그게 글쓰기다. 게다가 말과 달리 글은 수정과 정리가 가능하다. 희석되지 않고 기록에 남기에 여러 번 생각하게 된다. 대화와 쓰기는 '치유'라는 면에서 같지만 쓰기를 통해 얻는 게 더 많았다. 미처 해소하지 못한 감정의 응어리, 엉켜 있던 생각의 타래가 풀렸다.

읽으며 넓어지고, 쓰며 깊어지기. 여전히 쓰기의 시작점에 있지만 이 과정의 끝에는 내가 있겠지. 휘둘리지 않고 '온전한 나'로 살아가기 위한 여정. 이미 맛을 본 이상 다이어트와 글쓰기는 평생 과제가 될 듯하다.

김혜정 호기심이 많아 한 곳에 머무를 수 없다. 내게 주어진 역할극이 끝나지 않아 몸은 매여 있지만 읽고 쓰며 활개를 폈다. 최근에는 망설이던 그림을 시작했다. 출판의 기회를 준 100일 글쓰기 프로그램에도 다시 참여하고 있다. 다이어트에 끝이 없듯, 나의 담금질도 현재 진행형이다.

나와 꼭 닮은 나를 찾아

장영미

어릴 적 나는 낯선 사람을 무서워하는 아이였다. 집에 손님이 오면 방문을 닫고 들어가, 손님이 돌아간 이후에야 밖으로 나왔다. 다른 이를 무서워하던 아이는 학교에 들어가 낯선 아이들과 한 공간에 놓이며 소통에 문제를 겪기 시작했다.

정해진 규칙 지키기와 주어진 과제 수행하기는 그리 어려운 문제가 아니었다. 수업 시간 내내 선생님의 강의에 집중하는 것도 그다지 어렵지 않았다. 배운 것을 반추하는 의미에서 시험도 나름의 재미가 있었다. 그러나 친구 사귀기는 내게 좀처럼 쉽지 않았다. 아이들은 지나치게 사납거나 시끄러웠고, 남의 말을 기다려주지 않거나 이해하지 못했다. 말수는 적지만 말하지 않아도 충분히 속내를 알아주는 가족 사이에서 자란 나는 다른 사람들에게 나를 이해시키기 위해 애써야 한다는 사실에 충격을 받았다. 나를 이해시키기 위해 해야 하는 말들은 변명처럼 느껴졌고, 자존심 강한 아이였던 나는 변명 같은 말들을 뱉고 싶지 않아 대부분 생략해버렸다.

내 생각을 명확하게 전달하기 위한 부수적인 설명을 곁들이지 않다 보니 내 말은 전혀 다른 의미로 상대에게 전달되곤 했다. 그리고 '내 말은 그런 뜻이 아니야'라고 분명히 밝히지 못하는 날들이 계속됐다. 내 입에서 나가는 말들이 내 마음을 충분히 표현하지 못하고, 누구도 나를 온전히 알아챌 수 없으리라는 자각은 나를 몹시 외롭게 했다. 그래서 글의 세계에 끌렸는지 모르겠다. 글은 내성적인 내게 너그럽게 느껴졌다.

문자의 세계에 빠지다

말의 세계와 불화하던 내게 문자와의 조우는 어쩌면 필연이었을 것이다. 학교에 도서관이란 신세계가 있음을 알게 되면서 나는 또래 아이들과 운동장 흙먼지, 거친 놀이에서 멀어졌다. 힘들여 내 존재를 변명하지 않아도 되는 세상, 문자의 세계는 급속도로 나를 끌어당겼다.

철 가면 뒤에 얼굴을 숨긴 채 지하 감옥에 묶여야 했던 왕의 이야기를 다룬 『철 가면』, 죄 없이 옥살이한 사나이의 치밀한 복수극을 그린 『몬테크리스토 백작』, 소녀의 때 이른 죽음이라는 충격적인 결말로 오래 여운을 남겼던 『소나기』, 사랑 때문에 자신의 목숨까지 버려야 했던 『인어공주』 등 이토록 숨 막히게 재미있는 책들은 도대체 누가 쓴 것일까.

알렉상드르 뒤마, 안데르센, 황순원, 이런 사람들은 어떻게 이런 기가 막힌 이야기들을 지어낼 수 있었던 걸까. 한 권의 책을 다 읽고 나면 작가의 이름과 사진을 유심히 들여다보았다. 그리고 누군가를 밤잠을 잊은 채 빠져들게 하는 그런 아름다운 이야기 한 편을 쓰고 싶다는 내밀한 욕망을 품게 되었다. 『작은 아씨들』을 읽고는 '조'를 닮은 여자아이를 주인공으로 한 이야기를 지어 노트 뒤쪽에 빼곡히 적어놓기도 했다.

책 속에는 다양한 세계가 있었다. 문자로 이루어진 그 세계는 한계가 없고, 불변했으며, 언제나 나를 기다려주었다. 그래서 나도 언젠가는 그 문자의 세계로 걸어 들어가 나만의 성을 짓고 싶었다. 이것이 글쓰기에 대한 열망의 시작이었다.

고등학교 시절, 나를 키운 건 팔 할이 편지였다. 친구들과 날마다 학교에서 얼굴을 마주하면서도 서로 편지를 쓰곤 했다. 그중 두 친구와는 졸업한 이후에도 한동안 편지를 주고받았다. 그 시절 우리는 깨알만 한 글씨로 편지지 두세 장을 빼곡히 채운 편지글을 거의 날마다 주고받았다. 그 편지들은 내 안에 쌓인 많은 것들을 풀어주는 역할을 했다. 내 안의 격동을 편지지에 고스란히 토해내며 사춘기의 치기와 불안을 버텨냈다.

야간자율학습 시간에 학교 담장 너머에서 들려오는 음악 한 자락에도 울컥 눈물이 솟구치고, 시도 때도 없이 격랑의 포말이 심장을 덮히던 시기. "내 어디서 그리 무거운 비애를 지고 왔기에 길게 늘인 그림자 이다지 어두워", "산다는 것은 속으로 이렇게 조용히 울고 있는 것", 김광균의 「와사등」이나 신경림의 「갈대」 같은 시구들을 옮겨 적으며 사춘기의 뒤엉킨 혼돈의 내면을 추슬렀다.

때로는 내 안의 출처를 알 수 없는 슬픔을 옮기고, 때로는 쓸쓸함과 동경을 옮기며, 그렇게 나는 조금씩 자랐다. 그렇게 글을 쓰며, 글쓰기로 갇힌 청춘의 뜨거움을 극복했고 어른이 되었다.

어른이 되면 모든 것들이 쉬워지리라 짐작했다. 어른끼리는 더 잘 소통할 수 있으리라 기대했고, 나를 좀 더 잘 드러낼 수 있으리라 믿었다. 그러나 어른이 되고 직장인이 된 이후에도, 내가 한 말은 늘 오해를 매달고 되돌아왔다. '그게 아닌데'라는 자기변호의 말은 발설의 타이밍을 놓친 채 내 안에 푹푹 쌓여만 갔다. 갑갑하고 속상한 마음에 쏟아낸 말들은 오인된 채 떠돌다 또 다른 오해로 부풀려졌다.

견고하다 믿었던 친밀의 고리가 맥없이 풀리고, 마음을 다

했던 상대가 어느 순간 내 눈빛에서 비켜섰다. 내 안에는 사람에게 쉽게 상처받는, 아직은 덜 자란 예민한 아이가 존재하고 있었다. 그 아이는 간절히 소통의 편지글을 적어댔으나, 그 편지를 받아줄 수신인은 더 이상 곁에 남아 있지 않았다.

상처 입은 허약한 내면을 위한 처방이 필요했다. 상처가 덧나지 않게 감싸주고, 찢긴 부위를 흉터 없이 맞붙여줄 장치가 절실했다. 그러나 직장 생활과 육아의 고단함은 내면의 상처를 들여다볼 힘도, 제 상처를 핥고 아물게 할 시간도 허락하지 않았다. 창 너머 나뭇잎에 쏟아지는 한낮의 햇살에도, 퇴근 무렵 자동차 유리를 조용히 기어오르는 연한 어둠에도 속수무책으로 콧날이 시큰해지곤 했다. 날이 갈수록 우울감은 짙어졌다.

주변의 사람들과 대화하는 시간이 절대적으로 줄어들자 자연스럽게 책으로 시선이 갔다. 다시 문자의 세계로 돌아온 것이다. 그리고 내 안의 복잡한 심경을, 말로 다 풀어놓지 못한 억울함을, 누구도 들어주지 않았던 자기변호의 말들을 블로그에 비밀 글로 적기 시작했다. 타인의 시선이 없었기에 자기 검열을 할 필요도 없었다. 나만의 노트에 내 안에 맺힌 마음을 풀어헤쳐 놓았다. 풀어헤친 마음 한켠으로 바람이 들 듯 서서히 체기가 내려가는 기분이었다. 글이 나를 위로하고 있었다.

글은 너그러웠다. 지리멸렬한 변명의 꼬리를 길게 늘여 붙여도, 순발력과 재치 따위 겸비하지 못한 채 서성이고 뒤돌아보며 질척대도 글은 순하게 받아주었다. 책의 세계도 여전히 매력적이었다.

새 책의 홍수 속에서도 나는 예전에 읽었던 책들을 꺼내 다시 읽기 시작했다. 예전에 읽었던 책들은 도서관 구석에 있는 책장에서 뽑아 든 낡은 고서처럼 가슴 아릿한 그리움의 냄새를 풍겼다.

오랜만에 다시 만난 '개츠비'의 무모한 열정은 더욱 안쓰러웠고, 어린 시절 내가 일방적인 응원을 퍼부었던 '스트릭랜드'의 예술혼은 이제 좀 버겁게 느껴졌다. 다시 만난 책과 글로, 흙바람 불던 황량한 내 안에 따스한 물웅덩이 하나가 들어섰다. 다시 내 마음이 출렁대기 시작했다.

그러나 책을 읽으며 가슴에 고였던 생각들은 책을 덮는 순간 그대로 흔적 없이 증발해버렸다. 어떤 날에는 전에 읽었던 책을 기억하지 못한 채 다시 주문하기도 했다. 그것은 내게 충격적인 사건이었다. 그 일을 계기로, 읽은 책을 절대 스쳐 보내지 않겠다고 결심했다. 내 마음속 깊이 느꼈던 책에 대한 감흥을 복원하고 싶은 욕구도 일었다. 그리고 복원하는 방법은 서평 쓰기였다.

그러나 혼자 쓰기는 오래가지 못했다. 독후감 서너 편을 길게 쓴 이후로 글은 조금씩 짧아졌고, 결국은 발췌 문장 몇 개로 종지부를 찍었다. 마감도 없고 독자도 없는 홀로 쓰기의 외로움과 질펀한 자유는 서평 쓰기의 결심을 쉬이 무너뜨리고 말았다. 이것이 마감과 독자가 있는 숭례문학당의 서평 모임에 참여하게 된 이유다.

서평 모임에 참석한 첫날, 마흔 명 가까운 사람이 자신이 쓴 서평을 들고 모여들었다. 저녁도 먹지 못한 채 직장에서 바로 뛰어온 사람도 많았다. 단순한 독서토론이 아닌, 서평까지 써와야 하는 모임에 여러 사람이 열성적으로 참가하는 모습은 사뭇 놀라웠다.

독서토론을 마친 후 자신이 써 온 서평을 돌아가며 읽는 시간, 닮은 듯 닮지 않은 여러 편의 서평을 듣는 동안, 그 한 권의 책이 깊고도 넓어져 내 안에 들어왔다. 객관적인 사실을 열거한 부분보다는 책과 자신이 만난 지점에 대한 솔직한 이야기에 더 마음이 끌렸다. 그리고 격려의 박수가 큰 힘이 된다는 걸 깨달았다.

각자의 서평을 읽고 나면 폭풍 같은 칭찬 세례를 퍼부었는데, 처음에는 민망하고 어색했다. 그러나 생각해보면 상대의 부족한 부분이나 충고가 필요한 부분이 아닌, 잘한 부분이나 칭찬할 부분에 초점을 맞춘다는 건 얼마나 근사한 일인가. 결국 인간은 나약한 존재인지라 상대를 향한 선한 격려로 서로 일으켜 세워줄 수 있어야 한다는 생각에 이르렀다.

한편 일기와 서평 쓰기를 거친 나는 소설 쓰기에 이르렀다. 소설은 참 재미있는 장르다. 소설 쓰기는 소설 형식을 빌려 나를 변주시키는 즐거움이 크지만, 잘 쓰려고 할수록 어려워지는 분야이기도 하다.

나는 짧은 소설 한 편을 쓰며 자유로워지는 나를 느낀다. 잘 쓰려는 욕심은 자유를 갉아먹는다. 쓰면서 내 존재와 일상의 무게를 소설에 조금씩 덜어 넣으며 나는 점점 가벼워진다. 그 속에서 후련함, 혹은 경쾌한 즐거움을 만날 수 있다.

더욱더 다양한 형식으로 나를 변주시키기 위해서는 세상의 많은 책, 많은 삶과 만나야 할 것이다. 그리고 내 안에 맺힌 것, 켜켜이 쌓아놓은 것들을 풀어 바깥 세상으로 내보낼 것이다. 나아가 눈에 보이는 세계의 형태와 내가 궁리하는 세상의 모습도 그려볼 수 있을 것이다. 그러나 무엇보다 나는 글쓰기를 통해 치유받고 강건해질 것이다.

책과 글쓰기의 세계로 돌아오지 않았다면 나는 지금 어떤 모습일까. 아직도 가시와 사금파리에 맨발을 찔리며 낯선 길에 멈춰선 채 울고 있을지도 모르겠다.

누군가 묻는다. 뭘 그리 쓰려 하냐고. 나는 답한다. 나는 '나'에 대해 말하고 있다고. 그리고 '소통'을 꿈꾼다고. 그리고 이

길 어디쯤에서 만난 누군가는 나와 꼭 닮은 모습으로 나를 알아봐줄 거라는 희망을 아직 버리지 않았다고.

장영미 책 읽고 글쓰기를 좋아하는 초등학교 교사. 취미는 아이들의 글을 모아 문집 만들기다. 숭례문학당의 독서토론 리더반, 심화반을 수료하고 서평 독서토론 모임에 참여하고 있다. 세상에 존재하는 가장 아름다운 발명품은 책이며, 가장 의미 있는 놀이는 글쓰기라 생각한다. 일 년에 한 편씩 소설을 써서 언젠가 단편집 한 권을 내고픈 꿈을 갖고 있다.

글쓰기의 두 얼굴

김인경

초등학교 때 나는 글짓기부였다. 내가 글쓰기를 좋아했던가? 아무리 생각해도 아니었다. 그런데 왜 글짓기부에 들었을까? 그 이유가 도통 생각나지 않는다. 다만 글짓기부 선생님이 나를 불러 말씀하시던 장면만 희미하게 떠오른다. 선생님은 나에게 수업이 끝나면 바로 집에 가지 말고 남아서 글을 좀 써 보면 어떻겠냐고 했다. 하지만 그 뒤로도 나는 달라지지 않았다. 중학교 때도 딱히 글을 썼다고 할 만한 기억이 없다. 백일장, 독후감, 일기 등 그 당시 글쓰기는 나에게 그저 억지로 해야 하는 일이었을 뿐이다.

특히 일기 쓰기는 정말 고통스러웠다. 중학교 때까지는 숙제로 일기를 쓰고 검사를 받아야 했는데, 나는 늘 한꺼번에 몰아서 쓰기 일쑤였다. 일기에 어떤 내용을 적었는지도 기억이 나지 않는다. 기억나는 건 날짜까지 합쳐 달랑 대여섯 줄 적은 자그마한 일기장과 그걸 휙휙 넘기던 담임선생님의 표정이다. 그 기억을 떠올리는 순간 고통과 민망한 감정이 함께 몰려온다.

고등학교 시절은 어땠던가. 당시 교복 자율화로 인해 학교장 재량에 따라 교복과 자유복을 선택하도록 하는 복장 자율화 보완 조치가 채택되었는데, 교복과 자유복 중 어느 쪽이 좋은지 찬반을 나누어 설득하는 글을 쓰게 되었다. 이미 교복을 입혀놓고 찬반이 뭐가 중요한가 싶었던 나는 교복을 반대하는 글을 쓰기로 했지만, 나중에는 찬성도 반대도 아닌, 누굴 설득하기는커녕 혼란만 더할 글을 쓰고 말았다. 살기 위해 치러내는 전쟁과도 같았던 글쓰기, 아련한 추억을 아무리 헤집어봐도 글쓰기에 재미를 느끼는 지금의 나를 설명할 길이 없다.

쓰기의 재발견

요즘 나는 매일 글을 쓴다. 장삭을 업으로 삼은 전문 작가도 아니면서 매시간 뭘 쓸까 고민한다. 그렇게 싫어하던 일을 하며 전에 없던 행복을 맛본다. 내가 글을 쓰기로 결심한 것은 어느 서럽고 우울했던 날이었다.

"너는 전화도 안 하니?"
"그건 네가 잘했어야지."
"여자가 남의 집에 왔으면 애를 낳아야지."
"너무 열심히 하시면 후임으로 들어올 사람이 힘들어요."
"그거 다 자기만족 때문에 그러는 거 아니에요?"
"네가 하는 일이 그렇지 뭐."
"암입니다."

맹수의 발톱으로 내 마음을 할퀴는 듯한 말을 듣고도 무슨 의미냐고 캐묻지 못하고, 망치로 뒤통수를 때리는 듯한 말을 들어도 강단 있게 내 입장을 말하지 못했다. 무례한 말을 듣고도 왜 함부로 말하냐며 따지지 못했다.

감정의 소용돌이 속에서 허우적대는 나를 일으켜 세우고 뒤늦은 후회와 자책에 시달리는 나를 다독여야 할 사람은 나 자신이었다. 별것 아닌 말 한마디가 머릿속을 왕왕 울리고 화살처럼 날아든 타인의 감정이 찻물 우러나듯 몸속으로 서서히 퍼져나갈 때, 메아리치는 소리를 걷어내고 마음에 짙게 물든 색을 빼내야 하는 사람도 나였다. 다시 본연의 나로 돌아갈 방법, 그건 글쓰기였다.

당시에는 싸이월드라는 개인 홈페이지가 유행했고, 나는 '다이어리' 게시판에 일기를 썼다. 학교 다닐 때는 그렇게 쓰기 싫어하던 일기를 어른이 되어, 아무도 시키지도 않았는데 다시 쓰기 시작한 것이다. 마지못해 쓸 때는 종이가 아까울 지경이었는데, 봇물 터지듯 감정이 흘러나와 하얀 화면을 가득 메울 때는 생각과 느낌, 영혼까지 담아내지 못할 것이 없었다. 무한의 디지털 공간에서는 무엇도 아깝지 않았다.

그러다가 블로그로 장소를 옮겨 글을 적기 시작했다. 나만 볼 수 있는 비공개 폴더를 만들고 속상하고 슬플 때마다 글을 썼다. 일과 육아, 결혼 생활로 지친 시기였으므로 쓸거리가 넘쳐났다. 주로 글이 쌓이는 곳은 '감정의 쓰레기통'이라는 이름의 폴더였다. 나를 괴롭힌 사람, 분노를 유발한 사건, 차마 다른 사람에게 털어놓기 힘든 생각과 느낌을 글로 적어 감정의 쓰레기통에 던져버렸다. 다시 읽지 않을 글이었지만 지친 마음을 치유하기 위해 글을 써내려갔다.

글을 쓰고 나를 읽다

감정을 하나하나 풀어내 글로 표현하면서 나는 엄청난 무언가가 해소된 듯한 느낌이 들었다. 뭉뚱그려 말로 뱉어놓고 '그게 아닌데' 하며 후회할 때와는 전혀 달랐다. 눈물 콧물 흘리며 글을 쓰고 나면 마음이 한결 편안해졌다. 물론 내 감정을 자세히 살펴보는 일은 결코 쉽지 않았지만, 복잡하게 뒤엉킨 실타래를 차분히 풀어내는 기분이었다.

고통의 핵심은 외부에 있지 않았다. 바로 내 안에 있었다. 내게 상처 주었다고 생각했던 타인의 태도는 글로 해체하지 않으면 알지 못했을 얄팍한 내 자존심이었다. 미처 깨닫지 못한 채 동화되어 버렸을지도 모를 타인의 감정은 힘겹게 직시하지 않으면 발견하지 못했을 더러운 내 욕망이었다.

복잡한 감정을 힘겹게 글로 풀어내는 동안 격한 마음이 차분히 가라앉았다. 그러자 나 자신을 객관적으로 바라보고 문제의 핵심을 파악할 수 있었다. 신기한 일은 다시 비슷한 상황에 처했을 때 일어났다. 아무 말 못 하고 돌아서서 원망하고 후회하다 자책으로 허물어지던 내가 차분하게 자신의 생각을 말하게 된 것이다.

머릿속에 떠오르는 생각, 마음속에 고인 감정을 글로 옮기는 일은 쉽지 않았다. 생각은 붙잡을 새도 없이 날아가 버리고 마음은 다시 들여다보기조차 힘들었다. 어찌어찌 쓴다 해도 그걸 다른 사람에게 보일 생각은 차마 할 수 없었다. 그저 생각나는 대로 마구 자판을 눌렀다. 어차피 볼 사람도 없는데 무슨 상관일까 싶었다. 그저 내가 세상을 떠난 다음 비공개 블로그가 가족과 지인에게 공개되지 않기만을 바랐다. 내가 쓴 글은 그런 글이었다. 남에게 보일 수 없는 글, 부끄러운 글이었다.

북받쳐 오르는 분노와 설움을 풀기 위해 글을 쓰기 시작했지만, 쓰다 보니 점점 다른 글감에도 관심이 가기 시작했다.

나는 책이나 영화, 신문을 보고 감상을 적거나 단상을 남기기도 하고, 시를 쓰거나 아이들과의 대화를 기록하는 등 다양한 글을 써보기 시작했다. 이런 글 역시 비공개였다. 공개한다고 보러 올 사람도 없었지만 그저 혼자 즐기는 놀이였기에 공개할 이유도 없었다.

재미있는 건 혼자 보는 글인데도 꽤 신경을 썼다는 점이다. 비공개 글을 쓰면서 자기 검열이 웬 말인가. 글 쓰는 즐거움을 위협하는 방해꾼은 얄팍한 어휘력도 형편없는 문장력도 아니었다. 바로 나 자신이었다. 무슨 이유에서였을까. 자기 검열과 싸우며 나는 글을 잘 쓰고 싶다는 생각이 강해졌다.

함께 글을 쓰며 용기가 생기다

글쓰기에 관심이 생기자 글을 쓰는 사람들 속으로 자연스럽게 섞여 들어갔다. 매일 글을 쓰기로 마음먹고 들어간 모임에서는 나에게 글 쓰는 이유를 가장 먼저 물었다. 이미 스스로 물었으나 답을 얻지 못한, 들을 때마다 생각이 많아지는 질문이었다. 그 물음을 곱씹으면서 내가 글을 쓰는 이유를 더듬었다. 왜, 무엇 때문에 쓰는가? 늘 숨고 싶어 하던 내가, 눈에 띄는 걸 두려워하던 내가 글을 쓰는 이유는 아이러니하게도 날 드러내고 싶어서였다.

나를 표현하고 인정받고 싶었다. 그러면서도 못난 글이 내 전부인 양 평가받을까 봐 두려웠다. 다른 사람에게 내 이야기를 들려주고 싶은 마음과 스스로 확신하지 못해 불안한 마음의 혼재, 그건 또 다른 시련의 시작이었다. 글이 나이고 내가 글인 삶을 살고 싶다는 욕심, 과하게 꾸미거나 보태지 않은 진실한 모습을 그려낼 능력이 내게 있을까 하는 의심, 내려놓으려 해도 한없이 솟아나는 욕망이 글을 쓰는 데 걸림돌이 되기 시작했다.

문제가 시작된 곳, 그곳에 답이 있다고 했다. 내려놓아야 가벼워진다, 그래야 한 걸음 앞으로 내디딜 수 있다며 작아지는 나를 달랬다. 쓸 이야기가 없는 날이 올 수도 있고 한 글자조차 쓰기 힘든 날을 만날지도 모르지만 그래도 계속 쓰겠다고 마음먹었다.

무엇을 주제로 글을 쓸지 생각할 때 참 행복하다. 그리고 무언가가 떠오르면 설렌다. 물론 그것이 바로 글이 되는 건 아니다. 떠오른 생각을 살펴보고 곰곰이 더듬다가 묵혀두기도 하고, 다시 꺼내 찬찬히 바라보다가 곱씹기도 하고, 그러다가 내팽개치기도 한다.

힘겹지만 그렇게 부여잡고 있다 보면 새로운 사유로 이어지거나 놓쳤던 사실을 깨닫기도 한다. 무언가에 사로잡혀 우울이라는 소용돌이 속으로 가라앉을 때도, 엄청난 희열을 맛볼 때도 있다. 그러한 사유의 시간들을 녹여 글에 담아내려면 또 다른 노력과 시간이 필요하다. 고통스럽지만 즐겁다. 정말 묘한 일이다.

글은 나를 온전히 받아주었다. 글쓰기를 통해 나를 돌아봤고, 치유했다. 나를 알고 싶어서, 남을 이해하고 싶어서, 세상을 알고 싶어서 나는 글을 쓴다. 글을 쓰며 생각을 정리하고, 마음을 가다듬고, 관계를 정의한다. 글을 쓰며 나에게 가까이 다가가고 나에게서 멀어진다. 덕분에 다른 사람들을 돌아볼 여유도 생겼다. 나는 글을 쓰며 자신을 조금씩 드러냈다. 이전엔 없던 용기였다. 여기에는 함께 글 쓰는 이들의 응원도 한몫했다. 관심 어린 댓글과 애정 담긴 칭찬이 아니었으면 불가능했을 일이었다.

글이 형태를 갖추자 말할 때의 부담도 줄었다. 더 이상 다른 사람의 눈을 바라보는 일이 두렵지 않았다. 하지만 한편으로는 여전히 두렵다. 내가 사용한 단어 하나가 다른 사람의 마음에 닿아 어떤 반향을 일으킬지 생각하면 또다시 흔들린다. 이런 생각은 다시 검열의 칼이 되어 내 글을 잘라낸다.

말을 하기 전 상대방이 어떤 생각을 할지, 어떤 감정을 느낄지 추측해보는 습관이 글 쓸 때도 나타나곤 한다. 다행히 글은 말과 달라서 다듬거나 고칠 수 있다. 그러나 이것은 장점이자 단점이기도 하다. 정제된 단어를 골라 쓸 수 있지만 착상 당시의 감정과 느낌이 바랄지도 모르기 때문이다.

나는 오늘도 잘 쓰고 싶다는 욕심과 잘 쓰지 못한다는 절망감 사이에서 시시포스를 떠올린다. 글을 쓰는 일이 시시포스의 커다란 바윗돌이라면 나는 기꺼이 다시 밀어 올릴 것이다. 다시 굴러떨어지기 전 바위가 산꼭대기에 머무는 찰나의 행복도 좋다. 하지만 엄청난 무게에 깔리지 않기 위해 발버둥 치다가 문득 어제와 다른 무게를 느낀다면 그것으로도 충분하다. 글쓰기는 내가 선택한 달콤한 형벌이니까.

김인경 빨리 읽지도 많이 읽지도 못하지만 책 읽기를 좋아한다. 만족스럽진 않지만 매일 뭔가를 끼적인다. 회사원과 강사 생활을 거쳐 읽고 쓰고 운동하는 삶을 택했다. 100일 동안 마감을 어기지 않고 매일매일 글을 쓴 자랑스러운 경험을 토대로 수필, 서평, 창작 등 다양한 글쓰기에 도전 중이다. 대학에서 영어를 전공했으며 어린이와 청소년을 위한 책을 우리말로 옮기는 일을 하고 있다.

저도 계속해보겠습니다

권용균

자기만족을 느끼는 방식은 사람마다 다르게 마련이다. 대학원을 졸업한 후 줄곧 직장인으로 살았다. 경쟁에서 밀리지 않으려면 늘 공부해야 한다는 압박에 시달리며 항상 책을 들고 다녔지만 대부분 소위 '자기계발서'였다. 거실 책장에도 경영전략이나 미래 기업환경 관련 서적이 많았다. 자기계발서는 저명한 교수나 유명인들이 자신의 성공 규칙과 논리로 답을 써놓았기 때문에 읽다 보면 '나'는 없어졌다. 그런 책을 읽고 난 후에 지식은 쌓인 것 같았지만 마음엔 부담감만이 남았다. 대략 5~6년 전부터는 자기계발서를 점점 멀리했지만 그때도 문학을 읽겠다고 생각한 적은 없었다. 운동, 여행 등 이것저것 다양한 활동을 했지만, 결국 기억에 남은 건 독서였다.

자기계발서를 손에서 놓고 경쟁에 지친 나를 달래기 위해 처음엔 인문학서를 주로 읽었다. 고전문학을 접하는 계기도 되고 지적인 '허영심'도 충족할 수 있었다. 또 김수환 추기경이나 법정 스님, 달라이 라마 같은 종교인들이 쓴 수필도 많이 읽었다. 삶을 돌아볼 수 있고 답을 바라지 않으며 열린 사고를 할 수 있다는 점 때문에 읽으면 마음이 편해졌다.

혼자 방향성 없이 독서를 하던 나는 지인의 소개로 독서토론 모임에 나가게 됐다. 수동적이었던 글 읽기가 능동적인 독서가 되고, 내 나름의 주장을 정리하게 된 것이 가장 큰 성과였다. 내 의견을 말하고 정리하니 책이 기억에 오래 남는 것 같았다. 평생 회사와 집만 오가던 평면적인 삶이 독서 모임을 통해 입체적으로 변하기 시작했다. 독서 선배들을 보면서 그들이 읽은 책이 쌓여 얼마나 큰 삶의 지혜가 되었는지를 알 수 있었고, 독서의 중요성을 깨달았다.

소설은 혼자서는 완성할 수 없다

글쓰기를 처음 시작한 것도 고전을 읽기 시작한 무렵인 듯하다. 책을 읽다 보면 나름대로 재미있는 이야깃거리가 생각날 때가 있는데, 그런 상상력을 글로 남기고 싶었는지 주절주절 생각나는 대로 기록하기 시작했다. 스마트폰과 미니 키보드를 가지고 다니며 무언가를 쓰는 행위 자체도 재미있었다. 내가 상상한 '허구'를 기록한다는 점에서 소설 쓰기의 시작이었다고도 볼 수 있다. 하지만 기법이나 장르 같은 건 염두에 둘 수도 없었기에 생각한 스토리에 감정을 쏟아붓거나 주어와 술어의 호응이 맞지 않게 써두는 정도였다. 쓰다가 중단하고 다시 쓰고 목표도 없이 뭔가를 '쓴다'는 행위에만 집중했다. 다른 방법이 절실하게 필요했지만 아는 게 없었다.

그러던 중에 초보자 소설 쓰기 모임에 가입하면서 인생의 전환점을 맞이했다. 소설이란 걸 처음 쓰는 사람부터 등단을 목표로 하는 사람이 모여 소설을 쓰고 공유하며 서로 감상을 주고받았다. 그렇게 소설이란 걸 완성하기 위해 목표를 가지고 써보기 시작했다. 소설 쓰기 모임을 통해 소설을 쓴다는 건 결국 혼자 쓰는 것이지만 혼자서는 절대 완성할 수 없다는 걸 알게 되었다. '따로 또 같이'라는 말은 소설 쓰기에 반드시 필요한 말이었다.

그때 쓰기 시작한 소설이 「정혜」라는 제목의 장편소설로, 덕혜옹주의 딸에 대한 가상의 스토리였다. 아직 완성하지는 못했지만 가장 기억에 많이 남는다. 지금도 문장이 생생하게 떠오르는 건 한 페이지를 쓰는 데 며칠씩 걸릴 정도로 공을 들였기 때문이다. 그만큼 열정을 쏟아 보려 애썼다.

글쓰기를 하면서 가장 크게 달라진 것은 '사람의 가치'를 보는 관점이었다. 글을 쓰기 전에는 사람을 만나면 경제적인 면과 명예를 중점적으로 보았는데, 글을 쓰면서부터는 그 사람의 인생관을 중시하게 되었다. 자본주의적인 관점에서 사람의 가치를 평가하던 편협한 시각이 인문학적 관점으로 옮겨 간 것이다. 경쟁 사회에 지쳐 있던 나에게 '개인의 행복은 인생관에 있지, 자본의 양에 있지 않다'는 명제가 절실히 와 닿았다. 사회를 바라보는 시각도 변했다. 문학에서는 각각의 인물에 대해서 이야기한다. 조직이나 전체보다는 개인이 전체에 미치는 영향을 보여주었다. 이러한 것들을 문학을 읽어가면서 조금씩 깨우쳤다.

또 다른 변화는 생활 방식이다. 퇴근 후에 가지던 의미 없는 술자리가 줄었다. 회사 일에만 마감이 있는 게 아니라 퇴근 후나 주말에도 글 마감이 생겼다. 글 마감은 업무에서의 마감과는 느낌이 사뭇 달랐다. 소모적인 마감과 생산적인 마감의 차이라고 해야겠다. 창작자로서 내가 만드는 소설의 마감을 대하는 마음은 일에 대한 수동적인 의무감과는 완전히 다르다. 스스로 잠을 줄이고 맑은 정신을 유지하며 일찍 일어나야 하니 TV 같은 매체는 끊을 수밖에 없었다. 글쓰기에 모자란 시간을 메우기 위해서 시간을 아끼고 집중력을 높여야 했다.

사람을 대하는 태도도 달라졌다. 사회생활에서는 사람과의 관계가 큰 스트레스가 되는 경우가 많다. 모르는 사람을 만나는 것, 깊어지기 어려운 단편적인 관계. 더구나 잘 모르는 이야기를 그럴듯하게 포장해야 한다는 것은 스스로 자존감을 떨어뜨리는 일이었다. 그러나 글쓰기 모임에서는 무언가를 모르는 게 전혀 불편하지 않았다. 내가 모르는 것을 누군가가 이야기해주고, 아무도 모르면 서로 토론해보고 만족할 만한 결론이 없으면 같이 알아보면 된다. 억지로 답을 찾으려고 애쓰던 업무회의와 답이 없다는 걸 인정하고 진행하는 토론은 완전히 달랐다.

토론은 의욕을 이끌어 내기 때문에 독서와 글쓰기에 반드시 필요했다. 나는 토론을 하면서 타인의 말을 귀담아듣게 되었고, 나와 다른 의견도 받아들이고 행간의 의미를 파악하는 습관도 생겼다. 회의를 가장한 상명하복이 조금씩 몸에서 떨어져 나가는 것을 스스로 느낄 수 있었고, 나이와 직급을 떠나 사람들과 의견을 나누는 게 자연스러워졌다.

글쓰기의 방향성을 찾다

글을 쓰면서 한계에 부딪히기도 했고, 슬럼프도 있었다. 경험이 부족한 것이 가장 큰 문제였다. 비전문가들끼리 함께하던 글쓰기는 방향성을 찾지 못해서 늘 끝맺음이 힘들었다. 쓰다가 중단하고 다시 새로운 소설을 쓰는 일이 다반사였고, 결과가 나오지 않으니 이탈자가 생겨 모임이 잠시 중단되기도 했다. 그러던 중 현직 소설가들이 가르치는 소설 강좌를 수강한 것이 돌파구가 되었다. 소설가들이 설명하는 소설에 대한 분석과 시각, 다양한 소설 쓰는 기법은 많은 도움이 되었다.

이 강좌의 목표는 반드시 소설을 써서 문우들에게 '합평'을 받는 것이었다. 합평을 받는 이유는 바로 끝맺음을 하기 위해서다. 여러 소설가에게서 다른 유형의 강의를 듣고 의견을 나누는 것은 소설을 쓰는 데 큰 도움이 되었다. 초보자들의 소설 쓰기 모임은 마치 비주류 같은 느낌이었으나, 작가의 소설 수업 속 합평은 마치 문학의 최전선 가까이에 있는 듯했다. 부담감도 있었고 같은 아마추어지만 글의 수준이 달라야 한다는 마음가짐도 있었다. 이러한 것들은 글쓰기에 많은 고민을 안겨 제약이 되기도 한다. 그러나 그 제약을 극복하기 위해 더 많은 고민을 하고 발전해간다.

나는 지금도 계속 고뇌하며 소설을 쓰고 합평을 받는다. 문우들로부터 다양한 의견을 받아 힘겹게 퇴고를 한다. 떨어질 것을 미리 예상하고 신춘문예에 응모하기도 했다. 그 또한 새로운 경험이고 도전이다. 그리고 또 다시 쓰고, 응모하고, 떨어질 것이다. 그러나 지치지 않고 이 과정을 계속 반복할 것이다.

자기 글에 대해 자괴감에 빠지지 않으려면 소설 쓰는 행위 자체를 즐겨야 한다. 나만의 고유한 문체를 만들고 내게 맞는 장르를 알아야 한다. 나는 내가 단편소설보다는 장편소설에 맞는 사람임을 인정한다. 단편소설이 가지는 함축성을 만들어 낼 내공이 부족하다는 것을 인정하는 데 오랜 시간이 걸렸다. 단편소설을 포기하진 않겠지만, 아직 부족하다는 것을 깨달은 것만으로도 성과가 있었다.

지금의 목표는 좋은 소설이 될지는 아직 모르지만 힘껏 쓸 뿐이다. 가끔 소설을 쓰는 이유가 무엇이냐는 질문을 종종 받을 때가 있다. 사람들은 무엇 때문에 회사를 다니면서 그렇게 소설을 힘겹게 쓰냐고 의아해한다. 등단이 목표인지 유명 작가가 되는 것이 목표인지 물어보는 사람도 있다. 그런 거창한 목표는 아직 생각해보지 않았다. 지금은 그저 보람을 느끼는 소설을 계속 쓰고 싶다. 어느 소설책 제목을 인용해보면 지금은 "계속해보겠습니다"라고 말할 뿐이다.

권용균 정신없이 살다 뒤를 돌아보니 '나'라는 허상을 발견했다. 허우적대며 소설을 읽기 시작하자 빠져나올 수 없는 세계에 발을 들여놓았다는 걸 깨달았다. 그러나 빠져나오고 싶지 않았다. 추천해 주는 대로 읽고, 떠오르는 대로 쓰면서 이제는 '자아'라는 게 뭔지 조금씩 깨달아 간다. 직장에 있는 시간 외에 남은 시간은 모조리 글에 쏟아붓는 중이다.